灰の魔女
イレイナ
魔法使いの最高位
「魔女」の美少女。
世界中を旅しながら
物語を綴っている。
そしてか弱い女の子でも
ありますが
And I'm also a weak girl.

THE JOURNEY OF ELAINA

CHARACTER

アシュリー

伝説の鳥を探している冒険者。
若いながら、弓の名手でもある。

ほうき

人の姿に変化したイレイナのほうき。
持ち主より少し大人びた容姿になる。

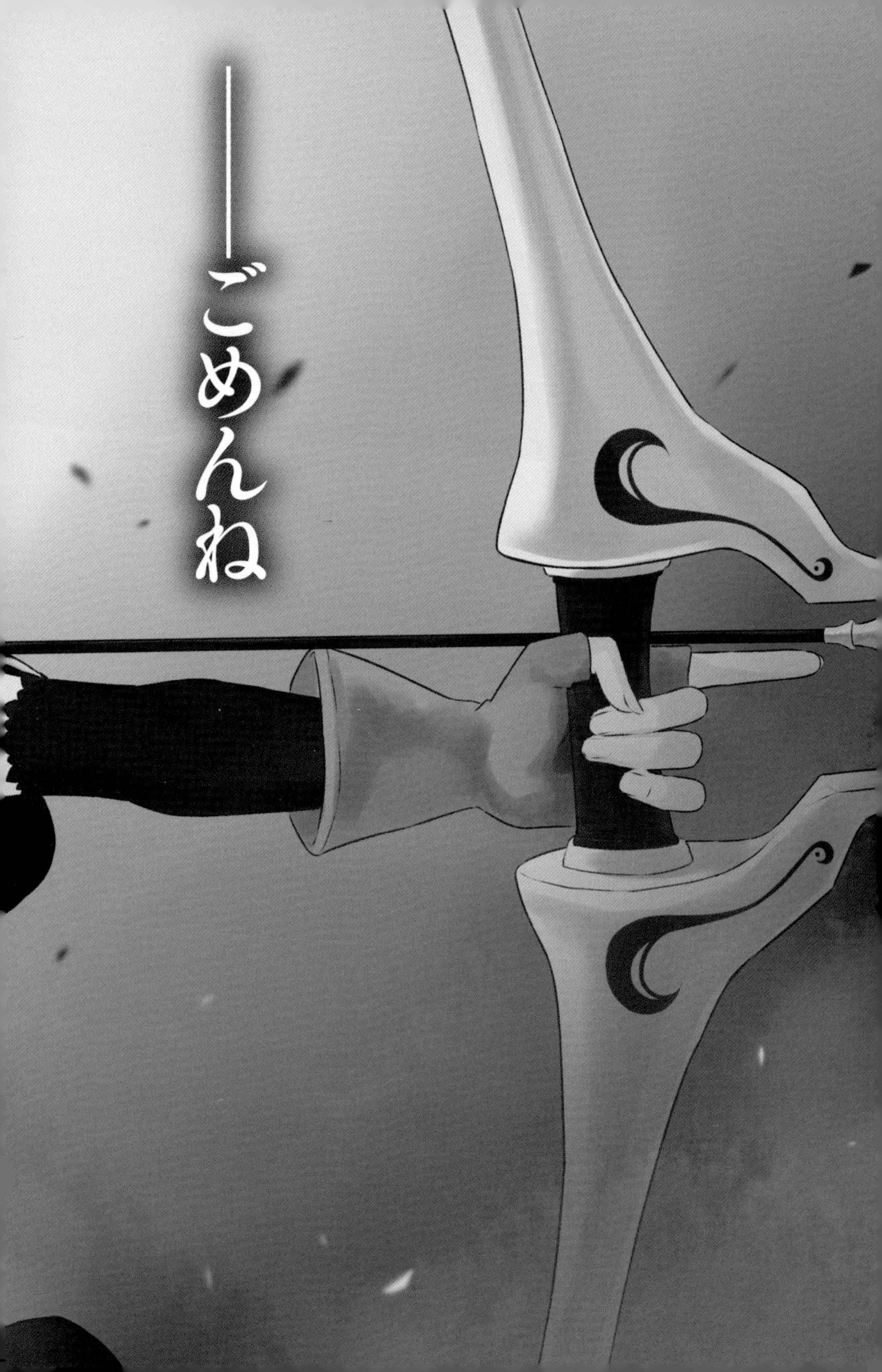
――ごめんね

ばつん——と、
矢が私たちの間を通り抜けます。

魔女の旅々16

THE JOURNEY OF ELAINA

CONTENTS

魔女の旅々

THE JOURNEY OF ELAINA

16

Shiraishi Jougi
白石定規

Illustration
あずーる

第一章

夢追い弓手アシュリー

田舎《いなか》のほうにある小さな国で。

唐突《とうとつ》に家の扉《とびら》を叩《たた》いた魔女に、おじいさんは「誰だあんたは」と警戒心《けいかいしん》に満ち満ちた顔で尋《たず》ねました。

旅の魔女イレイナです。あなたのお孫《まご》さんの友人です、と私が自己紹介ついでに語ると、まるでそれが合言葉であったかのようにおじいさんは態度《たいど》をころりと変え、すんなりと家の中に通してくれました。

少しばかり警戒心が薄《うす》いような気がしますが、田舎とは往々《おうおう》にしてそういうものなのでしょうか。あるいは広い屋敷《やしき》と時間を持て余していただけなのかもしれません。

おじいさんは私をダイニングに通すと、お孫さんが今どこで何をしているのかを尋ねました。私は、知っていることを嘘偽《うそいつわ》りなく正直《しょうじき》に話しました。おじいさんは終始《しゅうし》静かに耳を傾《かたむ》け、そして深くため息をついたあとで、「そうか」と呟《つぶや》きます。

それからおじいさんは俯《うつむ》き、一つ一つ、言葉の意味を確かめるようにゆっくりと語り始めます。

「いつまで経《た》っても、どうしようもない後悔《こうかい》だけが毒《どく》のように体を蝕《むしば》む」

目元は深く濃《こ》い線が刻《きざ》まれ、机《つくえ》を見下ろしてテーブルに肘《ひじ》をつき、両手を組みます。まるで懺悔《ざんげ》をするような姿勢をとりながら、おじいさんは昔話をゆっくりと私に語り始めます。

どうしようもない後悔の物語でした。

悪いことをしたわけではないのに、精一杯頑張《せいいっぱいがんば》ったのに、どうすることもできなかった悲しい物語でした。

「…………」

話をすべて聞いたあとで私にできたことは、話題を切り替えることくらいでした。

「実はお孫さんから託《たく》されたものがありまして」

「何かな」

辛《つら》い時は、話すだけでも気が楽になるものです。おじいさんの表情は先ほどよりも幾分《いくぶん》か生気《せいき》があるように見えました。

私は申し訳なさを感じながら包《つつ》みをテーブルの上に載《の》せて、ゆっくりと開きます。

中には彼のお孫さん――アシュリーさんから託されたものが入っていました。

それは冒険者《ぼうけんしゃ》であるアシュリーさんが、いつも大事に大事に持っていた暗く青く光る宝石。

『女神《めがみ》の涙《なみだ》』と呼ばれる特別な代物《しろもの》。

「……これは」

おじいさんは目を見開いて、包みの中身を見下ろします。

中には女神の涙――の、残骸《ざんがい》がありました。ばらばらの小さな破片《はへん》を寄せ集めただけの、がらくたとなった宝石だったものは、既《すで》に輝きを失い、ただ色がついているだけのガラスにさえ見えました。

「拾《ひろ》い集められるだけ拾い集めたのですけれど――」

元の状態に復元することさえ叶《かな》わないほどばらばらに砕《くだ》け散った宝石だった物は、包みの中にあるだけでおよそ半分といったところでしょうか。ここには一部しかありません。

私が悪いわけでもなければ、アシュリーさんが悪いわけでも、おじいさんが悪いわけでもありません。

どうしようもない後悔から生まれた結末が、ここにはあるだけなのです。

○

とても美しい満月が夜空に浮かんでいました。

美しくはありますがさほど明るさは感じられませんでした。

冷たい風が容赦《ようしゃ》なく通り過ぎる今宵《こよい》の空には雲がゆっくりと流れていました。雲が月を遮《さえぎ》れば空はかげり、暗闇《くらやみ》が世界を包みます。辺りを見渡せば海の底のように、より冷たく、より深く闇が広がりました。

まるで暗闇に取り囲まれたかのようにも思えました。

弱々しく揺《ゆ》れる焚《た》き火の中に魔女は枝《えだ》を一つ放り投げます。野宿《のじゅく》を始めてからずっと燃え続けている焚き火は新たな餌食《えじき》を喜ぶようにぱちぱちと弾《はじ》け、魔女の影を揺らしました。火のそばには串《くし》に刺された川魚が二匹。もうじき食べごろでしょう。

「さむい……」

旅をすれば想定外《そうていがい》の事態に見舞われることもしばしばあるものです。

たとえばとある旅の魔女の話。いつものようにテキトーに地図を眺《なが》めながら、「ま、このくらいの距離ならほうきで半日あれば余裕《よゆう》ですよねー」などとナメきった態度で国を出た彼女は、それから普通に迷子《まいご》になり、気づけばよく分からない森の中で夜を迎えました。

結局仕方《しかた》なく野宿を余儀《よぎ》なくされ、今はこうして焚き火に手をかざしています。

季節は晩冬《ばんとう》もしくは初春《しょしゅん》。

彼女は深く深くため息をつきました。

「こんなところで迷子になるとは情けないですね。あほですね」

ところで。

自らの失態《しったい》に対して皮肉《ひにく》を吐《は》くとてもとても虚《むな》しいこの魔女は、一体誰でしょう。

そう、私です。

苛立《いらだ》ちを込めた言葉も、虚しく夜の闇の中に消えていきます。夜の森には私の声と弾ける焚き火の音だけが響いていました。静かな夜は幻想的ではあるのですけれども、正直に申し上げると少々不気味《ぶきみ》でもあります。

旅をしていれば想定外な事態は起こりうるもので、そして得てして想定外な事態はさらなる想定外な事態というものを呼び寄せるものです。一度悪いことが起こると、まるで吸い寄せられるように連続して想定外な出来事《できごと》がたたみかけてくるのです。

「このまま何事もなく朝を迎えてくれればいいのですけれど――」

まあ、そういう台詞《せりふ》を吐いちゃったら大体何か起こりますよね。言葉を漏《も》らしたあとになって気づきました。

がさがさ、ごそごそ……と私の背後から物音が聞こえました。

控《ひか》えめに、私の背後に近づいてきているつもりなのでしょうか。しかし静かな森の中では木々が木の葉を揺らす音すらよく響くものです。私は自らの耳に意識を集中させました。

「はあ……はあ……」

わあ変質者《へんしつしゃ》。

欲情《よくじょう》しているのか何なのか分かりませんが、私の背後を狙《ねら》う相手が荒《あら》く息を乱しています。野生動物でないことが明白になった時点で、私は相手に気づかれないように杖《つえ》を出しました。

がさがさ、ごそごそ、はあ、はあ、と相手は息を乱しながら、ゆっくり一歩、また一歩と茂《しげ》みの中から迫ります。

こういう相手は十分に引きつけてから魔法を一発お見舞いして差し上げましょう。命まで奪う必要はありません。この焚き火に二度と近づかないように少し痛い目を見てもらえばいいのです。

私は杖の先に十分に魔力を込め、そして。

相手が茂みから出て、私の真後ろに立った直後です。

「来ないでください変質者！」

振り返ると同時に魔力の塊《かたまり》をお見舞いしました。ばしゅう、と放たれた青い光が相手のみぞおちの辺りに的中。めり込みました。

「ぐっはあああああああああああああああああ！」

壮絶《そうぜつ》な叫び声とともに、変質者は敗れました。

「ふふふ。私をただの女と甘く見ましたね。自らの身も守れない者がこんなところで野宿しているわけないじゃないですか」

杖の先に息を吹きかけて勝ち誇《ほこ》った顔をする魔女こと私。勝利に酔《よ》いしれるついでに茂みの上に覆《おお》い被《かぶ》さるように伸びている変質者の顔を覗《のぞ》き込みました。

「…………？」

女の子でした。

黄金色《こがね》の髪《かみ》が後ろで二つに結ってありました。歳《とし》は十代後半程度でしょうか。可愛《かわい》らしい顔立ちをしているように見えます。身に纏《まと》っているのは、申し訳程度の厚《あつ》さの革製《かわせい》の鎧《よろい》。みぞおちに一撃入れただけで倒れるのですから防御力のほうは見かけ通りでしょう。

大きな弓《ゆみ》を背負《せお》っていました。ぱっと見たところその見かけは冒険者のように見えます。

そしてだらりと伸びている手の先には、お金が握《にぎ》られているのが見えました。

はて、と私はここで考えました。

仮に彼女が私を襲うつもりの変質者だったとして、なぜ武器を手に持っていないのでしょう。大きな弓で脅《おど》すなり何なりすればひょっとしたら私がいたいけな少女であったならば素直《すなお》に両手を挙《あ》げていたやもしれません。

なぜ武器の代わりに手に持っているものがお金なのでしょうか。

「おさ……かな……」

と最後に一言、彼女はかろうじて声を絞り出した直後、がくん、と意識を失いました。

ああなるほど、私が焚き火で焼いていたお魚を貰う代わりにお金を差し出すつもりだったということですね。

なるほどなるほど。

ならば息が荒かった理由も納得です。おそらく旅の途中で空腹《くうふく》に耐えかね、体力も限界だったのでしょう。そんなときにお腹《なか》にキツい一発をお見舞いされたと。

なるほどなるほど。

「……やば」

いやはや。

想定外な事態って続くものですね。

○

ほどよく焼けた川魚の串を手に持ち、彼女の前でふらふらと泳がせてみれば、名も知らぬ彼女はすぐにお腹の悲鳴とともに覚醒《かくせい》しました。

「さかなっ！」

起き抜けると同時に彼女は口を開けて身を乗り出します。

しかし前のめりになった彼女の口はお魚に辿《たど》り着く直前で止められます。木に身体《からだ》ごと括《くく》り付けられている彼女がギリギリ届かない範囲で私はお魚を揺らしているのです。

ひとまず目を覚ましてくれたことに私は安堵《あんど》しました。胸を撫《な》で下ろしつつ、私は、

「おはようございます。私はイレイナ。旅の魔女です」

とご挨拶《あいさつ》。

「？　え、あ、はい。どうも……。わたしは冒険者のアシュリーです……？」行儀《ぎょうぎ》よくおじぎをしながら返事をするアシュリーさんからは育ちのよさが窺《うかが》えました。同時に少々天然でもあるようで、頭《こうべ》を垂《た》れたあとになって自らが縛《しば》られていることに気づきました。

「あの、なんであたし縛られてるの……？」

当然の疑問ですね。

「すみません。縛ったのには理由があるんです」

「もしかしてえっちなことされるの……？」

「違います」

何言ってんですかまだ寝ぼけてるんですか。

「一応聞いておきたいのですけれども、どうしてここに辿り着いたんですか？」

川魚をふりふりと振りつつ私は尋ねます。

「あの、あたし、その、ちょっと今、お腹が減ってて」猫《ねこ》のように彼女の視線が左右に振れながら

お魚を追いかけます。「それで、あの、よかったら譲《ゆず》ってもらおうかと、思って――」

お金を払って私から買い取ろうとしたとのことです。

なるほどやっぱり私の早とちりだったようですね。

「そうだったんですね……」すみません、と謝りつつ、私は彼女を縛っている縄をほどきます。

「お魚、どうぞ」

勘違《かんちが》いとはいえ彼女のみぞおちにキツい一発をお見舞いして気絶《きぜつ》させておいて、お魚代を頂戴《ちょうだい》する気にはなれませんでした。彼女には無料で差し上げることにしました。彼女はぱあっと目を輝かせます。

「ええっ！　いいの？　やったー！　あなたは女神？」

「出会い頭《がしら》で襲ってくる人間のことを女神と呼ぶならそうなんじゃないですか」

「うちの故郷《こきょう》では概《おおむ》ねそういう意味で女神という言葉は使われるよ」

「どんだけ物騒《ぶっそう》な故郷出身なんですか……」

「ちょっとおかしな人ばかりのおかしな国なのよ」

もぐもぐとお魚に噛《か》みつくアシュリーさん。曰《いわ》く彼女の故郷はここからとてもとても遠い山奥の国であるそうで、二年前から冒険者として世界各国を旅しているそうです。

「何この魚うまっ……こんな美味《おい》しい魚食べたの数ヶ月ぶりだわ……」

はあ、と深く息を吐くアシュリーさん。ただの川魚でそこまで喜んでいただけるのは焼いた張本人《ちょうほんにん》としては嬉《うれ》しくありますけれども。

「苦労なさってるんですね……」察《さっ》するに、これまでの二年間に辿った道のりも決して平坦《へいたん》なものではなかったことでしょう。

「旅路《たびじ》に苦労なんてつきものでしょ。目的が険《けわ》しければそれだけ道のりだって険しいものよ」

当然のようにアシュリーさんは答えます。

険しい目的。

「何を目指して冒険しているんです？」

私が尋ねると、もぐもぐ咀嚼《そしゃく》していたアシュリーさんは、お魚を飲み込み、ひと呼吸置いたのち、自らが険しい道のりを歩んでいると自覚している割には気の抜けた笑みを浮かべながら、語ります。

「女神を探しているの」

女神って知ってる？　と尋ねながら、彼女は真上を指さします。

曇《くも》り空からは月が覗いていました。

○

「これはね、あたしの故郷に伝わるおとぎ話」

アシュリーさんは寝る前の子どもに言い聞かせるように丁寧《ていねい》に優しく語ってくれました。

彼女が生まれ育った故郷には、女神の伝承《でんしょう》というものが根付いているようでした。曰く、彼女たちの地方では女神とは、鮮《あざ》やかな青い羽根《はね》を生やした巨大な鳥のことを指すようです。

体躯《たいく》はおおよそ戸建《こだ》ての家一軒程度。青い翼《つばさ》は輝きに満ちており、優雅《ゆうが》に空を漂《ただよ》うその姿はまるで流れ星のようにも見えると言います。

「綺麗《きれい》な生き物なんですね」

「それだけじゃなくてね、この鳥の身体には特別な力が秘められていると信じられてきたの。翼から落ちた羽根は極めて強い魔力をまとい、触れればいかなる病もたちどころに治《なお》し、爪《つめ》は何もかも引き裂く刃《やいば》になり、涙は地に落ちれば特別な力を秘めた宝石に変わるの」

「随分《ずいぶん》といいところ尽《づ》くしな鳥なんですね」

「だから昔の人たちはその鳥を女神と呼んだの」

「なるほど」

「ちなみに女神は無闇《むやみ》に青い火を噴《ふ》いてくるそうよ」

「とんだ害獣《がいじゅう》じゃないですか」神々《こうごう》しい名前に反してなかなか荒々しい生き物のようですね。

「いいところ尽くしの鳥に触れるためには相応の覚悟が必要ということでしょう。鳥の羽根でも爪でも涙でも、何でも一つさえ手に入れていれば、人生が大きく変わることは間違いないんだもの」

「それで、その鳥を探して旅をしていると」

けれど話を聞けば聞くほど私は首をかしげてしまいます。「一応伺《うかが》いたいのですけれども、それって本当に実在する鳥なんですよね？　見たことは？」

「一度も」

「…………」

「いま、『なんか胡散臭《うさんくさ》い』って思ったでしょ」

「まさにそう思ってました」

「やっぱり。そういう顔してたからそうだと思った」

私のお顔はどうやら馬鹿《ばか》正直だったようです。いけないお顔。むにむにとつねっておきました。

「しかし見たことがないならその女神の存在も断言《だんげん》できないのでは？」つねるついでに尋ねる私。

「ううん。断言はできるのよ。——お魚のお礼に一ついいものを見せてあげる」

アシュリーさんは首を横に振りつつ、自らの首に巻いていた細い紐《ひも》を引っ張ります。

紐の先、服の下に隠れていたのは暗く光る青い宝石。彼女は言います。

「これは女神の涙。特別な力を秘めた宝石なの」

「特別な力……」先ほども語っていましたね。「どういう力があるんです？」

「高く売れる」

「羽根や爪に比べて効果が地味《じみ》ですね」

「それと一説では、これを持っているだけで幸せになれるともいわれているわ」

「随分漠然《ばくぜん》とした効果ですね」

「あと女神の居所《いどころ》まで導いてくれるそうよ」

「それで女神に会ったことは」

「苦労の多い旅路でね……」

「会ったことないんですね」

なるほどなるほどー。

とりあえず程度に頷《うなず》く私でした。彼女はそんな私を、じっと目を細めて見ます。

「また今『なんか胡散臭い』って思ってたでしょ」

「分かりましたか」

「まさにそういう顔してたもの」

とはいえ彼女も自らが二年もの間追い続けているものがいかに希少《きしょう》な存在であるのかは理解しているのでしょう。

再びむにむにと自らをつねり始めた私の横で、彼女は誰もいない空を見上げながら、言いました。

「でもいつかあたしは女神に会うの」

それがあたしの夢だから——と。

夢見る少女の割に、その瞳《ひとみ》は決意に満ちているように見えました。

○

彼女と深い森の中で出会い、そんな会話を交わしたのは、もう随分と前のこと。

けれどどれほどの歳月《さいげつ》が流れても、私は彼女のことを忘れることはありませんでした。

初めて会った日の夜のことを私は今でも鮮明《せんめい》に覚えています。

不思議ですね。なぜでしょう?

満月が浮かぶ綺麗な夜が訪れる度《たび》に、彼女が語っていた夢を思い出すからでしょうか。あるいは旅の最中に空を眺める度に、私もいつしか女神と呼ばれる青い鳥の姿をなんとなく探すようになったからでしょうか。

「あ、イレイナさんじゃん。ひさしぶりー」

「おや、どうも」

あるいは割と頻繁《ひんぱん》に旅先で彼女と遭遇《そうぐう》していたからでしょうか。

…………。

私と彼女はほとんど同じ地域を回っているのでしょうか。

初めて会った日はもう何年も前のことになりますが、それ以来私たちは数ヶ月に一回は旅の道すがら顔を合わせています。

二度目にお会いしたのは確か森でお魚を献上《けんじょう》した日から一週間ほど経った頃のことです。前述《ぜんじゅつ》したような軽い挨拶とともに軽い感じに私たちは再会しました。

一週間ぶりの再会ということもあり、当時は雑談も少々盛り上がったものです。それで女神とやらは見つかったんですか？　と私が尋ねると彼女は、一週間程度で見つかるわけないじゃんと笑ってから嘆息《たんそく》していました。大体そんな感じの会話を交わしたのちに、もうきっと二度とお会いすることはないのだろうなと互《たが》いになんとなく感じながら、しかし別に今生《こんじょう》の別れだからといってお話をすることも特にないなとも思ったので、その場でお別れすることにしました。別れ際、社交辞令《しゃこうじれい》的に「またお会いできたら一緒に食事でも行きましょう」と、柄《がら》にもない台詞とともに私は手を振っていました。

「む。イレイナさん！　久《ひさ》しぶりー！　お一人？」

「あ、どうもアシュリーさん」

再会したのはそれから二ヶ月ほど経ったころでしょうか。

とある国の人気レストランにて、彼女がひらひらと手を振りながら私の前に現れました。

「けっこうリッチな席の使い方するのね」

混み合っている店内において四人掛けの席を魔女が占領している様子は、どうやら悪い意味で目立っていたようです。

「私が入ったあとに混み始めたんですよ」言い訳のように語りながら私は向かい側の席を指します。

「よければご一緒しますか？」

「え？　いいの？　ありがと」

「肩身《かたみ》の狭《せま》い思いをしていたので助かりましたよ」ちょうど周りからの視線にいたたまれなくなってきた頃合いだったので――と私は首を振りました。

そして奇《く》しくも前回の別れ際に語った言葉を実現させるかたちで私たちは向かい合い、軽口を交わしながら夕食を摂《と》りました。女神と会えましたかと私が尋ねるとやっぱり全然見つからないわねと笑いました。以前会った時よりその表情はくたびれているようにも見えました。

その日はそれっきりで彼女とはお別れしましたが、別れ際に「また今度」と手を振りながら、私はなんとなくまた彼女と会う予感がしていました。

そして予感は当然のように的中。私はそれから三ヶ月ほど経った頃に彼女を見つけました。

「きみも冒険者？　よかったら俺《おれ》たちと組まない？」

夜、とある国で宿屋を探してさまよっていたときのことです。

怪《あや》しい男数人が「なあなあ頼むよ一緒に獲物狩ろうぜ」「一回だけでいいからさ」などと、一人の女性を取り囲んでいる様子が見えました。あらあらナンパじゃないですかと私は面白半分でその様子を観察しながら通り過ぎました。

直後に三歩戻って目を瞬《またた》かせました。

男たちに囲まれて迷惑《めいわく》そうに眉《まゆ》を寄せていた女性は私の知り合いだったのです。

女神を探す冒険者ことアシュリーさん。

「いや……あたしその……アレだし……」

お見受けしたところ今現在は逃げる口実を探しているようです。が、しかし口下手なのか彼女は男性たちを前に「べつに一人でも、いいし……」と首を振りつつ徐々に言葉は小さくなり、最終的には口をもごもごとさせるのみ。

男性たちは、そんな意外にも気の弱そうな彼女に益々《ますます》増長しました。

「大丈夫《だいじょうぶ》！　俺たちこう見えても結構強いよ？　一緒にいたら頼りになるって！」

男の一人は彼女の手を取り、歩き始めます。

結構強いならべつに彼女を連れていかなくてもよいのでは？

「すみません。彼女は私と一緒に行動してますので」

前回お会いしたときのお礼のついでに、私は後ろから彼女の手を引っ張ります。おせっかいであ

ることは重々承知《じゅうじゅうしょうち》でしたが、

「！　イレイナさん……！」

　さすがによく分からない男たちに連れていかれる彼女を放ってはおけないでしょう。私が引っ張ったことで男たちの手から離れた彼女は、それから逃《のが》れるように私の背後にするりと隠れ、「そういうことだから！」と声を張ります。まるで物陰から威嚇《いかく》する猫のよう。

　対して男性たちは私たち二人に、品定めするような無礼極まりない視線を投げかけるのでした。

「お、何？　二人組なの？　じゃあよかったら君も一緒に――」

「無理です」

　そして私はすぐさま踵《きびす》を返しました。追いかけてきたら魔法でも浴びせようかと杖をこっそり準備していたのですが、幸い、彼らはそこまで愚《おろ》かではなかったようです。

　人混みから離れ、静かになったところで振り返ります。

　不安そうな彼女の顔がありました。私はおかしくなって笑ってしまいます。

「ああいうのに慣れてないんですね」

　意外です、と私が言うと、彼女は気まずそうに俯いてしまいました。

「断らなきゃいけないのは分かってるんだけどね……。ああいう人たちから女神に繋《つな》がることもなくはないんじゃないのかなぁと思うと、断るのももったいない気がしてくるというか……なんというか……分かんない？　この感じ」

「あんな連中から繋がるような女神なんてろくなモンじゃないですよ」

相当追い詰められてますね。

私は尋ねます。

「女神に会うことってそんなに大事な夢なんですか」

「そりゃそうよ。じゃなきゃ何年も冒険者なんてやってないでしょ」

「………………」

当時はまだ彼女とお会いして四度目程度の仲でしたから、そこまで深く彼女の事情を知っていたわけでもありませんでした。

鳥を追いかけて地元を出た冒険者さん。私が彼女について知っていたことはその程度。

ですから私は尋ねたのです。

「もしよければ聞かせてもらえますか、どうして女神を追いかけているのか」

「……長話になるけどいい？」

「構いませんよ」何年も追いかけている夢の話があっさり終わってしまっては拍子《ひょうし》抜けですし。

「じゃ、ちょっとそこのお店で一緒に食べていこうよ。助けてくれたお礼に奢《おご》るわ」

言いながら、今度は彼女が私の手を取って歩き出しました。おやおや願ってもないことですね。

「楽しみです」

頷《うなず》き、私は夜空を見上げます。

初めて会った日のように、満月のそばを雲が流れていました。

○

小さい頃から彼女は、ほとんどおじいさんと二人暮らしで生活していたそうです。お母さんとはアシュリーさんが生まれて間もなく死別《しべつ》。彼女の父親は冒険者でほとんど家にいなかったといいます。

そんな彼女の楽しみは、数ヶ月に一度帰って来る父の冒険話と、弓の訓練。

何の連絡もなくたまにふらりと帰ってくる度に、彼女の父は世界中を渡るうちに見聞きしてきたものを語ってくれました。旅先で出会った変な人の話。偶然《ぐうぜん》訪れた変な国の話。商売の失敗談。父による弓の特訓の合間に語られる物語の数々は、何もない田舎で暮らす彼女の数少ない楽しみでした。

女神の話は、そんな父が語る物語のうちの一つです。

「この世界には女神と呼ばれる伝説の鳥がいるんだ。知っているかい？　アシュリー」

「知ってる！　近づくと火を噴くヤバい鳥でしょ？」

「ふふふ。アシュリー。実はそれ、女神の本当の姿じゃないんだぜ」

からかうように語りかける父。彼女は煽《あお》られるままに「えー？　どういうこと？」と首をかしげます。父はそれがまるで他の誰にも聞かれてはならない秘密であるかのように声をひそめて続きを語ったそうです。

「この辺りの地方じゃ危険な鳥のように言われるけど、女神ってのは本当はとても美しい生き物なんだ――」

羽根は極めて強い魔力をまとい、触れればいかなる病もたちどころに治し、爪は何もかも引き裂く刃になり、涙は地に落ちれば特別な力を秘めた宝石に変わる。

そんな、にわかに信じがたい話を彼女の父は語りました。

なんと魅力的な鳥なのでしょう。

「そんな鳥ほんとにいるの？」

尋ねる幼き日のアシュリーさん。お父さんは頷きました。

「お父さんはその女神と会うために旅をしているんだよ」

だからいないと困《こま》るね、と。

そして父は「これは絶対に秘密だよ」と再びアシュリーさんに身を寄せて、宝石を一つ彼女に見せてくれました。

暗く光る青い宝石。

「女神が実在する証拠だよ」

それは『女神の涙』と呼ばれる物でした。

決して美しくはなく、濁《にご》ったような輝きでした。けれど不思議と瞳に焼き付けられる奇妙《きみょう》な魅力のある宝石でした。

彼女の父はそうしてまた旅に出ました。

その日を境に、彼女の父は二度と帰ってはきませんでした。ずっと、何年経っても、何年経っても。冒険者の父は、それっきり帰ってはこなかったのです。

父の帰りを待つ日々は、彼女にとって辛いものでした。

「アシュリー。お前はあんな風にはなるなよ」

彼女の祖父《そふ》は、冒険者である息子を毛嫌《けぎら》いしているようでした。覚えている限り、父が帰ってきた日はいつも祖父と父が言い合いをしていました。きっと仲が悪いのでしょう。

「幼い娘を放っておいて存在しない鳥を探して放浪《ほうろう》するなんて馬鹿のやることだ。冒険者なんてまともな人間がやることじゃないんだ。あんな親にだけはなるな。いいな。お前は真《ま》っ直《す》ぐ育ってくれ」

仲が悪いから、そんな風に言ってしまうのでしょう。

彼女は父が大好きでした。

祖父の心ない言葉の数々に彼女は日々心を痛めました。

父への憧れから彼女は冒険者を目指すようになりました。大人になるにつれて、彼女は幼い頃に父から教わった弓の実力に磨《みが》きをかけます。

冒険者を毛嫌いする祖父は当然ながらそんな彼女に猛反対しました。

「馬鹿者が！　何度言ったら分かるんだ！　冒険者になどなるな！　女神など存在しない！」

いい加減《かげん》目を覚ませと何度も祖父に言われました。

最初の頃は言われる度に萎縮《いしゅく》しました。

慣れてくると「嫌《いや》だ！」と反論するようになりました。

最終的には「うるさい！」と強い言葉を返すようになりました。

弓の技量は歳月とともに磨きがかかり、彼女の故郷では右に出る者はいないと言われるまでに上達しました。それほどまでの実力を持っているのならば、冒険者としてもきっとやっていけることでしょう。

それでも祖父は頑《がん》として彼女のことを認めようとはしませんでした。

「お前はこの地でやっていけばいいんだ！　意味もないものを追いかけて人生を棒に振るのはよせ！」

「意味があるかどうかはあたしが決めるの！　うるさいっての！」

いつしか祖父と彼女は毎日のように言い争うようになっていました。祖父はよほど冒険者というものが嫌いなようです。もしくはアシュリーさんが家からいなくなることが嫌で嫌で仕方なかったのでしょうか。少し出かけるだけでも、山へ狩りに行こうとするだけでも毎度のように祖父は「冒険者になるな」「冒険者は駄目《だめ》だ」と口出しするようになりました。もはや束縛《そくばく》は病的とさえ思えるほどでした。

なぜ、そこまで冒険者を嫌うのでしょうか。

もやもやとした気持ちを抱きながら、彼女は故郷での日々を過ごしました。

そんなある日のこと。

彼女はずっと帰ってきていない父の荷物を整理するために、家の倉庫に立ち入りました。

いったいいつになれば帰ってくるのでしょう。いつから帰っていないのでしょう。

いつまで経っても取りに来ない荷物の数々はとうの昔に埃《ほこり》をかぶっていました。

彼女は父のことを思い出すように、荷物を整理します。

見覚えのある物は少し。見覚えのない物が大半でした。きっと父がアシュリーさんに語った物語は、長年にわたる冒険の中のほんの一部でしかないのでしょう。物騒な武器や、怪しい書物。倉庫は彼女の目に触れたことのない物で溢《あふ》れていました。

「お父さん、凄《すご》いなあ……」

父の口から語られることがなかった物語の痕跡《こんせき》に、彼女は目を輝かせます。

「——?」

そして。

その中に、一つ奇妙なものが紛《まぎ》れ込んでいました。

濁ったような輝きを放つ、青く、暗い宝石。

かつて父が持っていた、女神が実在する証拠。女神を長年追いかける父にとってこれ以上に大事な物などないはずです。それが一体なぜ倉庫で埃をかぶっているのでしょうか。

「これは一体どういうことよ」

すぐさまアシュリーさんは祖父に宝石を見せました。

「その石ころがどうした」

祖父は素知《そし》らぬ顔でアシュリーさんに首をかしげて言いました。本当に知らないのでしょうか。

その可能性も否定できません。

けれどアシュリーさんの脳裏《のうり》には別の可能性が渦巻《うずま》いていました。

父を無責任だと罵《ののし》っていた祖父は、それでも父が冒険者であり続けたことは不都合以外の何物でもなかったはずです。

どうすれば夢を諦《あきら》めてくれるのか、思考を巡らせたことも、あったはずです。

たとえば、冒険の中で見つけた大事な宝を奪い取れば、隠せば、夢を諦めるのでしょうか。

たとえば、宝石を返してやる代わりにもう冒険者を辞めろと詰め寄れば、冒険者の夢を諦めるのでしょうか。

いいえ、きっと父はそんな時でも諦めずに旅に出るような生粋《きっすい》の冒険者です。

思い出してみれば。

最後に見た日の父は、それまでとは比較にならないほど祖父と激しく言い争いをしていました。

なぜでしょうか。

なぜ二度と帰って来なくなってしまったのでしょうか。

きっと決定的に決別してしまったからです。

「最低ね。そこまでしてお父さんをこの家に縛りつけたかったの？　お父さんはただ自分の夢を追いかけてただけなのに！」

「自分の娘を置いてな」

「あたしは置いて行かれたなんて思ってない！」

「お前がどう思おうと世間《せけん》は家に一人でいるお前をそういう目で見る」

「偏見《へんけん》まみれね」

「世間とはそういうものだ」

「そんな腐《くさ》った連中ばっかりの国にこだわる理由って何なの？　お父さんが話してくれた旅物語に出てきた国のほうがよっぽど魅力に溢れてるわよ！」

「……お前も大人になれば分かる。冒険なんて何の意味もない。それよりも故郷で――」

「意味がない？　違うでしょ。おじいちゃんが意味を奪っただけじゃない！」

本当なら女神の涙を持ち歩いて、女神が存在する確証を持って、世界中を旅していたはずです。

今、父は女神が存在する証拠を奪われたまま世界中を放浪しているのでしょう。

彼女はそれが許せませんでした。

「あたし、もう出ていく」その場で自然と出たその言葉は何年も前から準備していたものでした。

「家を出て、お父さんと同じ冒険者になるから」

祖父はその言葉に激昂《げきこう》しました。

「馬鹿者！　父親のようになりたいのか！」

「そう言ってんのよ！」

「存在しない女神を追いかけて何の意味がある！」

「女神は確かにいるわよ！　女神の存在はこの宝石が証明しているから」

「おらん。女神などただの伝承だ。お前はその石ころに惑わされて人生を棒に振るつもりか？」

「石ころなんかじゃない！　これは女神の涙。特別な力がある宝石なのよ」

「ふん。持ち主の頭を馬鹿にする力か？」

「……もういい」

どれだけ話してもきっと分かり合うことはないだろうと思いました。彼女はそれから宝石を手に持ったまま祖父の制止を振り切って、勢いで家を飛び出し、走り去りました。

祖父の怒鳴《どな》り声が聞こえなくなるまで必死で走りました。

こうして彼女の旅は始まり、それ以来、数年間、家には帰っていません。

父親と同じように。

○

初めて会った日の彼女は旅路に苦労はつきものと語りましたが、彼女の旅路はそれからずっと苦労続きでした。

冒険者といえども、彼女は世間知らずの田舎者でもありました。一人旅などもちろんそれまでの生涯《しょうがい》で一度もやったことはなく、知識は父からたまに聞いた冒険話くらい。誇れる技術は背中に負った弓の腕前のみ。

はっきり申し上げますと彼女はそこそこ扱《あつか》いやすい冒険者だったのです。人のよさそうな顔をしていますし、若いですし、優しそうですし。ですから訪れる国々であらゆる人が彼女を頼りました。

「なあ、あんた冒険者だろ？　実はちょっと困ったことがあってねぇ――」

とある国で知り合ったおばあさんは、夜な夜な畑を荒らす獣《けもの》の群れを駆除《くじょ》して欲しいと彼女に頼みました。

「もちろん！　任せてちょうだい！」

彼女は二つ返事でおばあさんの依頼を受けました。彼女にとって冒険者は人に希望を与える者。善行《ぜんこう》は彼女にとって当然の行いなのです。

「終わったわ！」当然の行いといえど、獣の群れの駆除は相当な労力を要しました。仕事が終わる頃には彼女はくたくたでしたが、それでも笑顔を取り繕《つくろ》います。なぜなら冒険者は希望を与える者だから。

「ありがとうねぇ。これ、少ないけど、どうぞ」

「いえいえ、そんな。あたしは当然のことをしたまでですから――」

お礼なんて結構ですよ、と手を振るアシュリーさん。おばあさんは「いいのよ、いいのよ、貰《もら》ってちょうだい」と彼女にお金を握らせます。

「いやあ困りましたねぇ、いいんですか？　ありがとうございますー」なんだかんだいいつつ彼女は結局お金を受け取ります。旅の費用としてお金は当然必要でしたが、善行という大義名分《たいぎめいぶん》を掲げている彼女にとっては「お金？　いえいえあたしは結構ですよ？」という姿勢が大事なのです。

受け取ったお金はおばあさんから離れてから、こっそり確認しました。

銅貨三枚でした。

ここで銅貨三枚で買えるものを一つ例として挙げましょう。

パン三枚。

以上です。

——マジで少ないじゃん。

ふと彼女の脳裏を本音がよぎりました。

いやいや、いけないいけない。むしろ最初から料金を何も提示せずに依頼を受けたのに善意でお金を払ってくれたのだから、むしろおばあさんの善意に感謝すべき。彼女は自らにそう言い聞かせました。

冒険者は人のためになることをしなければならない。

でもお金も欲しい。

そんな二つの悩みを抱えながら彼女は冒険を続けましたが、まあ、結局それからも彼女は大体いつも騙《だま》され続けました。彼女のような人は悪い人間の格好《かっこう》の餌食なのです。

「冒険者ちゃん。女神っつー鳥を探してるんだって？　そういえば俺、そんな感じの鳥見たことある気がするなぁ」

とある国で軽薄《けいはく》そうな男がそのように声をかけました。アシュリーさんは「教えて欲しければちょっと仕事手伝ってくれよ」という、見るからに正確な情報を持っていなそうな男の台詞を疑うこともなく、仕事を手伝いました。

獣を狩り、荷物を運びました。ある程度仕事を手伝った頃に「ありがとよ！　ほら、これが女神の居所だ！」と男は紙切れを彼女に渡して去って行きました。

「ありがとうおじさん！」

紙を開く彼女。

——白紙でした。

「え、ちょっと待って白紙じゃんどういうこと？　ちょっと！　おじさん！　待てこら！」

要するに女神の情報を餌《えさ》にいいように使われていたということですね。結局おじさんは逃げ、報酬《ほうしゅう》も何も得られず、数日間を無駄にしたという結果だけが残りました。

騙されやすいだけでなく彼女は極度のお人好《ひとよ》しということもあり、トラブルには自ら突っ込んでいくような性質がありました。

迷子の子どもがいれば彼女はすかさず手を差し伸べました。彼女にとって冒険者はそうするのが当たり前だから。

「困っている人を助けるのが冒険者の義務よ」

ある日。私と何度目かの再会した彼女は、「こんなところで何をしてるんですか？」という問いかけに対し、そのように答えていました。

私は辺りを見回してから再び尋ねます。

彼女と再会したのは人里離れた山岳地帯。辺り一面岩に覆われた場所の中心に彼女はいました。獣肉を手から下げている彼女の前には、生まれて間もない雛鳥《ひなどり》たちが餌を求めて鳴いています。

「見たところ人ではないようですが」

「細かいわね」

頰をふくらませながら餌を与える彼女、求める雛たち。体は黒く、体長はおよそ私の膝《ひざ》ほどといったところでしょうか。まあまあの大きさの鳥ですけれども、アシュリーさんによく懐《なつ》いているようで、巣の中からピーピーと餌を催促。まるで母鳥だと勘違いしているかのよう。

「その子たちはどうしたんです？」

巣に近寄って、覗き込む私。直後に雛鳥たちはギャーギャーと鳴きつつ火を吹き小石を投げつけ私の脚元で吐《と》しゃ物《ぶつ》を吐いてみせました。

……………。

どうやら私は嫌われているようです。

「何したのイレイナさん」

「まだ何も」ところで、改めて聞きますが。「この失礼な雛鳥たちは一体何なんですか」。

「失礼なのはイレイナさんに対してだけみたいだけど……。一週間前に冒険の道中で偶然見つけたの。親鳥が帰ってこなくなっちゃったみたいで、あたしが見つけたときにはすごく痩《や》せ細って今にも死にそうだったのよ」

「はあ」

それで親鳥の代わりに世話を担っているということでしょうか。おそらくは足繁《あししげ》く通い続けているのでしょう。ぴーぴーと鳴く雛鳥たちは、彼女を信頼しきっているように見えました。

黒い羽根の雛鳥たちに肉をちぎって与えながら、彼女は私に言います。

「あたし今、近くの国に滞在しててね、暇《ひま》さえあれば餌をあげに来てるのよ」

「近くの国……？」見たところこの辺りに国はなかったはずですけれども。

「片道どれくらいかかりますか？」

「馬で片道二時間」

「あなたの時間感覚どうなってんですか？」

「まあでもこの子たちは誰かが餌あげないと死んじゃうし……。往復《おうふく》四時間がかかりでも来るしかないでしょう」

「真面目《まじめ》ですね」

「当然のことをしてるだけよ」

親が帰って来ない家で待ち続けるのは辛いから。

と、彼女はぼそりと呟きます。

「…………」

本当にお人好しが過ぎるというものです。「いつまで続けるつもりですか？」

「さあ？　この子たちが飛べるようになるまで続けようかな」

冗談《じょうだん》めかして彼女はくすくすと笑います。

これまでの彼女の言動から察するに、きっとあながち冗談というわけでもないのでしょう。

彼女が今現在滞在している国はちょうど私がこれから行こうとしていた国でしたから、それから私たちは互いに声をかけるわけでもなく、なんとなく一緒にその国へと向かうことになりましたが、彼女は国に着くなり精肉店を巡《めぐ》り、雛鳥たちに与える餌を探し始めました。

結局のところ彼女はいい人が過ぎるのです。幼い頃にお父さんから聞いた旅物語の数々には損得《そんとく》勘定《かんじょう》は含まれていなかったのでしょう。

とはいえ、そうであったとしても、幼い頃に目指した理想の冒険者であり続けることはきっと私には想像もできないほど大変でしょうけれども。

「…………」

餌を選んで回っているアシュリーさんの背中を見つめながら私はふと考えました。毎日馬で片道二時間の道。ほうきで走らせればその半分の時間もかからずにたどり着くことができるでしょう。

冒険者はいつも誰かを助けるもの。

けれども理想を求めて生きることは難しいものです。仕事であっても、学校であっても、何であっても。美しい世界を夢見て走り出し、けれど辿り着いた先には花ひとつ咲いていないなんてことはよくある話です。

そして多くの人はそんな現実に落胆《らくたん》しつつも慣れて生きていくものです。

「ね、イレイナさん。あの子たち、どっちのお肉のほうが喜ぶと思う?」

そんな世の中で、いつまでも夢を見続けている彼女の姿はとても眩《まぶ》しく見えてしまうことでしょう。なるほど、変な人たちが寄ってたかって彼女を騙して利用しようとするのも納得ですね。彼女のような人は目立ちますから。

「どっちでも喜ぶと思いますよ」

あなたから貰ったものならどっちでも、と私は答えました。

「テキトーに答えてるでしょ」ちょっとー、と咎《とが》めるように彼女は頰《ほお》を膨《ふく》らませ、彼女は再び

「むー……」と考え込んでしまいました。

彼女には世の中はどのように見えているのでしょうか。

「ま、いいや！　両方買っちゃえばいいよね」

結局彼女は考えるのを放棄《ほうき》したうえで、えへへ、と嬉しそうに笑いながらお肉を二つ持って私の元へと戻ってきました。

「…………」

彼女を騙して利用しようと、変な人たちが寄ってくると私は思っていましたが、ひょっとしたら彼女自身が人を呼び寄せるような性質を持っているのかもしれません。

その日から私はなんとなく流れで彼女の趣味——もとい、鳥のお世話を手伝うようになっていました。手伝って欲しいとはっきり言われたわけではありませんが、まあ暇だし別にいいかなと思わされてしまいました。

「お嬢ちゃん、女神っつー鳥を探してるらしいな。近頃この辺りじゃあんたと同じように女神を探している冒険者の集団がいるんだが知ってるか？　金を払ってくれるなら連中にあんたを紹介してやってもいいぜ。へへへ……」

「えっ？　ほんとに？　わぁ、ありがとう！　幾ら？」

「へへへへ……さて幾らにしようかねぇ……」

…………。

まあ、それといくらなんでもちょろ過ぎる彼女のことが心配になったから、という理由もありますけれども。

「アシュリーさん行きますよ。そんな人に構っちゃだめです」ぐいぐいと彼女を引っ張ってお店から離れる私。ちらりと振り返ると怪しい店主が品定めするようにアシュリーさんを凝視していました。

こわ……。

「ちょっとイレイナさん！　何してくれてんのよ！　せっかく女神の手がかりが手に入りそうだったのにー！」

当然ながら彼女の邪魔《じゃま》をしてしまった私は、むくれた彼女から抗議されることとなりましたけれども。

「あんなのから繋がる女神なんてろくなもんじゃないですよ」

以前アシュリーさんを口説《くど》いていた男たちといい、女神に関わろうとする人間にろくな人がいませんね。

何はともあれ、私はその日から彼女のお手伝いを始めたのです。

やることといえば朝昼晩まったく同じことの繰り返し。

市場に行って、お肉を買って、鳥に届ける。以上。何も難しいことはありません。考えることもありません。こんなことは誰にだってできるものです。

絶望的に運のない方でもなければ。

「はい、よしよし。今日も食べ物持ってきたわよー」国を出て雛鳥たちのもとに辿り着いたアシュリーさんは、先ほど購入したばかりのお肉をちぎって与え始めました。

雛鳥たちは彼女の来訪を喜ぶように巣の中で飛び跳ねていました。

そんな様子にアシュリーさんははわわと顔を綻《ほころ》ばせます。

「やだー！　超かわいいいー！」

「私には全然可愛く見えませんけど」

「食べちゃいたいくらい可愛いわ」

「鳥類相手に使う言葉としては不適切が過ぎると思います」チキンにでも見えてるんですか？

「この子たちなら目に入れても痛くないわ……！」あるいは母性でも芽生《めば》えているのでしょうか。

餌を持ったまま巣に手を伸ばす彼女の目は愛情に満ちているように見えました。

ところで話は変わりますが雛鳥たちはよほどの空腹だったようです。

勢い余って雛の一羽ががぶりとアシュリーさんの手に思いっきり噛みつきました。

「あああああああああああああああ！」

山には彼女の叫び声が響き渡ります。

多分雛鳥たちもアシュリーさんが食べちゃいたいくらいに可愛く見えていたのでしょう。帰りがけに「見事なまでの相思相愛《そうしそうあい》ですね！」と励《はげ》ましておきました。

雛鳥たちに餌をあげるためのお金に余裕がなくなると、彼女は「ま、あたしって弓の名手だし？お肉くらいべつに自力で獲れるのよねー」と、今まで精肉店にお金を払っていた日々をナチュラルに否定し始めました。

「へー。そうなんですか」

「せっかくだからあたしの腕前、見せてあげるわ」

そう言って彼女が私を連れて訪れたのは近くの森。少し探索すると、水辺に子鹿《こじか》が佇《たたず》んでいるのが見えました。アシュリーさんはまさにここが地元で鍛《きた》えた腕前の見せどころと気合を入れ、物陰から弓を引き絞ります。瞳は真剣《しんけん》そのもの。獲物を睨《にら》む彼女の目には普段の朗《ほが》らかさはありません。

そして彼女が息を吸い、吐いたその瞬間に、滑《すべ》るように矢が彼女の手から放たれます。

すこーん！

木の幹に突き刺さりました。「ああああああああああああ！」

森の獣たちが彼女の咆哮《ほうこう》のせいで一斉に逃げ出しました。

「私いまのところあなたの格好悪いところしか見てない気がします」

ある日の夜、彼女とレストランで食事を取りながら私は言いました。彼女は「ふっ。イレイナさん。あなたはまだ本当のあたしを知らないだけよ」と得意げな顔をしながら、テーブルに置いてあった瓶を傾け、自らのグラスに注ぎました。「イレイナさんも水いる？　注いであげよっか」

「いえ結構です」本当のアシュリーさんにやらともお会いしてみたいものですね。

「ところでアシュリーさん」

「なによ」

「それソースですよ」

「ああああああああああああ！」

いまのところ私の中でアシュリーさんという人は、ノーと言うことができず、飼い慣らしている雛鳥に嚙まれ、矢は外すしソースと水の容器の区別もつかない、度を越した天然ぶりと運のなさを誇る方でした。

いったい今までどうやって冒険をしてきたのか気になる有様でした。運に恵まれないそんな日々の中で、彼女はただひたむきに目の前の物事と向き合っていました。

彼女は女神を探して旅に出たはずです。にもかかわらず今は毎日苦労をして足繁く雛鳥のもとに通って、親代わりに餌をあげる日々。誰に命じられたわけでもなく、彼女はそれを望んで行っています。

ここで餌を与え続ける日々が続く限り、きっと彼女は女神から遠のいていってしまうことでしょう。

夕食が終わり雑談をしている最中に、私はそれとなく尋ねました。

不安になることはないのですか、と。

「……あたしのお父さんが言ってたことが一つあるの」

お腹いっぱい食べた結果少々まぶたが重くなっておられるアシュリーさんは、惚《とぼ》けた瞳で語ります。「ひたむきに頑張っていればいつかきっと望む物が手に入るんだって」

だから目の前で困っている人も鳥も見過ごすことができないのでしょう。

「お人好しが過ぎますね」

「おじいちゃんと喧嘩《けんか》して家出した不良娘にはもったいない言葉ね」

言いながら彼女は柔らかく笑いました。

それからほどなくして、彼女は会話が途切れたタイミングで、ことん、と眠りに落ちてしまいました。いつも笑ってはいるもののやはりよく分からない連中に絡まれて面倒《めんどう》ごとに巻き込まれやすい彼女ですから、意図せず疲れが溜《た》まってしまったのでしょう。

「仕方ないですね」気持ちよさそうに寝息を立て始めた彼女を邪魔する気にはなれませんでした。

しかし彼女の運のなさというものは、眠っている時であっても発揮されてしまうもののようでした。

「君たちが女神を探している二人組かい？」

……………。

眠っている時ですら変な男に声かけられるって一体どういうことなんですか？　変な人間を呼び寄せる匂いでも出てるんですか？

唐突に私たちの席に現れた落ち着いた物腰《ものごし》の男は、それから許可もとらずに私の隣《となり》の椅子《いす》を引いて、腰を下ろすと、

「仲間から聞いたよ。魔女と弓手の二人組が女神を探して旅しているって」

と勝手に話を始めました。

いやいや困ったものですね。

「あいにく私たちは誰かと組んで女神探しをするつもりはありませんよ」というか私は女神探しすらしていませんし。

「そうなのかい？　それは残念だな――」男性は言いながらも引き下がる気配は見せませんでした。

それどころか、依然として馴れ馴れしい口調で言うのです。

「女神なら既に俺たちのほうで見つけているんだけど」

などと。

「……いま何と？」

聞きまちがいですか？

「だから、女神の居所なら既にこっちで見つけてあるんだって。あとは捕獲《ほかく》するだけなんだけど、そのためには一人でも多く実力のある仲間が欲しいだろ？　だから君たちに声を掛けることにしたんだ」

それから彼は、外見の胡散臭さとは裏腹に非常に魅力的な条件を提示してくれました。曰く女神から採集できる羽根や爪、それと一緒に幾らかの報酬まで支払ってくれるそうです。

これまで恵まれない日々を送っていたアシュリーさんにとってこれほどまでに理想的な条件はないでしょう。

「どうかな」

男性は再び私に聞きます。

「すみません。実は私は彼女を手伝っているだけでして――」私は向かい側で眠りこけている彼女の頭をちょん、とつつきました。「決定権は彼女のほうにあるんです」と言いました。

しかし本当に運が悪いですね。

絶好の話が持ち込まれたときに呑気《のんき》に眠りこけているなんて。

「ああ、そうなんだ。じゃあそっちの子が起きたら改めて――」

話でもしようかな、と恐らく言いかけたのでしょう。しかし男性は、眠る彼女に見惚《みと》れたまま、固まります。

おっと、何ですか？　こやつも結局彼女の魅力に吸い寄せられる変な男の一人ですか？　と私は目の前の彼に疑いの目を向けたのですけれども。

けれど男性がかすかに呟いた言葉は、私の想像にないものでした。

「……アシュリー？」

彼は彼女の名を呼んだのです。

それは初対面であるはずの彼女の名を言い当てたというよりも、古くから彼女の名を知っているかのような反応でした。

「…………ん」

男性のその声に、アシュリーさんは目を覚まします。

そして薄く目を見開いた彼女は、直後に息を呑《の》みました。

見知らぬ男が目の前にいたからではありません。

彼と同様に、彼女にとっても古くから知る相手がそこにはいたのです。

「お父、さん……？」

それは、ひたむきに頑張っていればいつかきっと望む物が手に入ると彼女に教えた張本人であると同時に、ひたむきに頑張り続けて辿り着いた結末でもありました。

○

「実のところ、女神の居所は結構前から見つけていたんだ」

長年冒険者をやっておられるアシュリーさんのお父様曰く、女神という生き物は伝説の生き物などではなく、ごく普通に生息している生き物であるといいます。

ただ、美しい姿と特別な体を持っているゆえか非常に珍《めずら》しく、警戒心も強いためなかなか人前に姿を現すことはないそうです。

「よく女神は伝説の生き物だなんて言ってる奴がいるが、あれは誤りだ。確かに女神は存在している」

アシュリーさんのお父様はポケットから青い羽根を取り出します。光り輝く羽根は魔力を纏っており、近くに寄って見てみれば、ただそれだけで身体に力が湧く感触を確かに感じました。

「これは治癒《ちゆ》能力も備えていてね、持っているだけで怪我《けが》の治りが極端に早くなるんだ。こいつを持ってからは、擦《す》り傷《きず》や打ち傷なんて作ったことがないくらいだよ」

「知ってる！」

お父様と再会した彼女は当然ながら普段より割増で活気に溢れていました。彼女がポケットから取り出すのは、暗く光る青い宝石。

「ずっといるって信じてた」

彼女は宝石を胸に抱きながら、言いました。

「……それは」お父様は息を呑みます。宝石から漏れる輝きは彼が持つ羽根よりも弱々しいものでしたが、しかし視線を惹きつけてやまない魅力がありました。

「アシュリー、それ、一体どこで……？」

「家から持ってきておいたの！」

言いながらアシュリーさんは押し付けるようにお父様に宝石を渡します。

「……貰ってもいいのかい？」手渡されたお父様は、少しばかり戸惑《とまど》っているように見えました。

「いいもなにも、もともとお父さんのでしょ？　あたし、お父さんと会ったときに渡せるようにずっと持ってたんだから」

だから返すね、と彼女は笑います。

「そうか……」お父様は手に取った宝石に触れ、感触を確かめるように指でなぞりました。暗い光に見惚れています。「ありがとう、アシュリー」

そして彼は彼女の頭を撫でました。

「あ、ちょっと……友達の前でやめてよ……。笑われちゃう」年頃の娘らしく照れる彼女でした。

別に笑われるようなことはしていませんでしたが、人前で背伸びをしてみせる彼女が少しだけおかしくて、私は結局くすりと笑ってしまいました。

数年ぶりの父と娘の再会です。

微笑《ほほえ》ましい光景ではないでしょうか。

「しかしアシュリーが持ってきてくれて助かったよ。これで明日からの計画もスムーズに進む」

「？　どういうこと？」

首をかしげるアシュリーさん。お父様は「もともと、俺が弓手と魔法使いの仲間を探していたのは、明日の作戦で少し手荒《てあら》な真似《まね》をするつもりだったからなんだよ」

「手荒な真似」とは何です？　と私はアシュリーさんと同じように首をかしげます。

「女神は警戒心が強いうえに、凶暴で手に負えない鳥でね——捕獲するためにはどうしても危険を冒さなければならない。しかし強引に攻めれば女神を殺めてしまいかねない。加減がとても難しいのさ」

「……ふむ」

曰く女神はとても気まぐれかつデリケートな生き物であるらしく、凶暴すぎる割に、捕獲されたストレスで死んでしまうこともあるそうです。

「前回捕獲したときがそうだった。仲間たちと網に捕らえたんだけどね、運んでいる最中に自ら吐いた炎に焼かれて死んでしまったんだよ」

結局、爪も羽根もほとんど採集できず、手に入れたのは先ほど彼が掲げた羽根一つのみ。

「女神の涙も手に入らなかったんですか」と私は尋ねましたが、そもそも火に包まれてたら涙なんて残せませんね。

当然のように彼も首を振りました。

「もちろん手に入れてないよ」そして彼は言いました。「ちなみに魔女さん、女神の涙ってべつに女神が泣いたときにできる宝石のことじゃないからね」

「んっ？」

そうなんですか？

「涙がこんな綺麗な宝石になるわけないだろ」彼は首を振りながら無知な私に懇切丁寧《こんせつ》に教えてくれました。

曰く、女神の涙とは女神そのものの力を凝縮したものであると言います。

「こいつは俺たちの親の代のときに魔法使いと冒険者が作ったものでね、こいつは女神の存在を偽装する効果があるのさ」

「存在を偽装？」

「要するにこれを持っているだけで女神が仲間と勘違いして寄ってくるんだよ。前回捕獲をしたときもこいつを持っていればきっと炎で自らの身を焼くようなことはなかっただろう」

それならば確かに、アシュリーさんが宝石を持っていたことは女神を狙う彼にとっては吉報《きっぽう》そのものだったことでしょう。

私がここでふと思い出したのは、雛鳥たちに懐かれていた彼女の姿でした。

「…………」

しかしアシュリーさんは女神の涙が持つ効果はご存じだったのでしょうか？

「へえー……、そんな効果あったんだ……」

すごー、と手をぱちぱち叩く彼女でした。なるほどご存じなかったようです。

「本当にありがとうアシュリー。お前のおかげで悲願が叶うよ――」

彼は感極まってアシュリーさんを抱きしめます。

彼女が旅立つ前からずっと探し求めていた女神。その夢がまさに目前まで迫っており、そして夢を実現に導いたのがまさに彼に憧れて冒険者になった自らの娘。

彼にとっては今日はこれ以上ないほどに幸福な日でしょう。

おそらく、彼女にとっても。

「……うん」

彼女はもう恥《は》ずかしいなどとは言いませんでした。

ただ父を力一杯に抱きしめるのでした。「明日は頑張るね」と、答えながら。

ところでこういう時でも空気が読めないのが私という旅人です。

「明日は何時にどこに集合ですか？」

早起きするならとっとと宿に戻って眠りたいところですね、と私は横から言いました。

人目をはばからず二人だけの世界に入りかかっていたお父様は、苦笑いしながらアシュリーさんを離すと、

「別に早起きをする必要はないよ。女神の巣まであまり遠くないからね」

と答えました。

「そうなんですか」

「ああ。馬でだいたい二時間のところに巣があるんだ――」

だから昼頃に俺たちのアジトの前で落ち合おう、と彼は言いました。

アジトってどこですか？　と私が尋ねると、この国の地図を出して、印をつけました。私たちが今お話をしているレストランのすぐ近くにある倉庫でした。彼は今そこに住んで、仲間たちと冒険者としての活動をしているそうです。

では女神はどこにいるのですか？　と私が尋ねると、彼は「くれぐれも抜け駆けはしないでくれよな」と冗談半分で釘《くぎ》を刺しつつ、地図上に印をつけてくれました。

「……なるほど」

私は頷き。

「…………え」

そしてアシュリーさんは、ぽつりと呆《ほう》けた声を漏らしたあとで、口を閉ざしました。

私はやはりアシュリーさんには運がないのだと確信しました。

彼女のお父様が印をつけたのは、山岳地帯。

そこはいつもアシュリーさんが足繁く通っている場所。

雛鳥たちの住《す》み処《か》だったのです。

○

翌日は、気がつけばすべてが終わっていました。

私たちは昼になると同時にアシュリーさんのお父様が根城《ねじろ》にしているアジトへと行きました。合計四人程度の小さなグループで行動をしている彼らは、全員が使い古した武器を持っていました。魔法使いの姿もあります。グループの年齢層は魔法使いの女性だけ二十代後半程度、あとの男性三人は三十代から四十代といったところでしょうか。

曰く全員が熟練した冒険者であり、特に珍しい生き物の捕獲などを生業《なりわい》として金銭を稼《かせ》いでいるそうです。

そんな彼らでも、女神は苦戦する相手であるようです。

「女神であっても今回の相手は雛鳥だ。前回以上に注意を払う必要があったからね――アシュリーが女神の涙を持ってきてくれて本当に助かったよ」

女神の涙さえあればもう心配はいらない、とお父様は豪語《ごうご》します。

彼からしてみれば彼女が今この場にいることは奇跡にも等しいことでしょう。だから彼はとてもとても、高揚《こうよう》していました。

「これからやることは簡単だ。女神の涙を持った人間がそばまで近寄る。仲間が網で捉《とら》える。ただそれだけでいい」女神の涙さえあれば、雛鳥たちは簡単に網にかかってくれるそうです。

それから先も簡単です。すぐそばに女神の涙を置いておけば雛鳥たちは暴れることもなく、静かに運ばれてくれます。

「それで、女神の涙を持って囮《おとり》になる役割だが――アシュリー、やってみないか」

目を輝かせて単純な作戦を語る彼は、夢へと近づけてくれた愛娘《まなむすめ》の肩に手を置きました。「お前のおかげでついにここまで来られたんだ。記念に大役を任せたいんだ」

「…………。あ、あたしが……、やるの……？」

明らかに狼狽《ろうばい》するアシュリーさん。お父様はそんな彼女を勇気づけます。

「大丈夫。お前も俺たちと同じ冒険者だからできるさ。女神の涙さえ持っていれば襲われることは絶対にない。それに、もしも襲われそうになったら俺たちが助けてやる。だからやってみないか」

それはきっと父親から娘への感謝のつもりなのでしょう。

あるいは父親らしいことをしようとしているのかもしれません。

「……う、うん……じゃあ……」

ノーと言えないアシュリーさんは、それから流されるままに、雛鳥たちのもとへと向かいました。

山岳地帯に着いたアシュリーさんは、手筈《てはず》の通りに雛鳥たちの前に立ちました。それから繰り広げられるのはもはや見慣れた光景。お腹をすかせた雛鳥たちは、親鳥に甘えるようにぴーぴーと鳴きながら口を大きく開きます。

雛鳥たちは、きっと毎日肉を運んでくるアシュリーさんを、本物の親と勘違いしていたのでしょう。

「――ごめんね」

彼女がかすかに言葉をこぼした直後でした。周りに隠れていた冒険者たちが、一斉に網を掛けて雛鳥たちを捕獲しました。彼らはそれから慣れた手つきで雛鳥たちの嘴《くちばし》を封じ、暴れることがないように身体と脚も縛り、一羽ずつそれぞれ別の檻《おり》に放り込みました。

雛鳥たちはその間、暴れることは一度もありませんでした。お行儀よく拘束《こうそく》されていきました。

しかし、檻の中で身動き一つとることもできない鳥たちは、傍目《はため》にも哀《あわ》れでした。仕事を終えて帰る最中、アシュリーさんは、ずっと檻のそばに座っていました。

「…………」悲しそうに目を伏せながら、座っていました。

そんな彼女の頭をお父様は優しく撫でます。

「大丈夫。刺激しないように運ぶさ。この子たちの親のような最期にはしたくないからな」

そして雛鳥たちは、アシュリーさんのお父様の拠点まで運ばれました。

彼らは喜びました。

彼らの長年の苦労がようやく報われるのです。女神の羽根も爪も希少性は高く、そして利用価値は計れないほど。特に魔力を帯びて治癒能力すら持つ羽根は一体どれほどの人が欲するものでしょうか。

もしも人為的に羽根を増やすことができればどれほど素晴らしいことでしょうか。きっと今後の人生で使えきれないほどの財産を手に入れられることでしょう。

これは喜ぶべきことなのです。

「…………」

けれど、分かっていても、それでもアシュリーさんにとっては素直に喜べなかったのでしょう。

「ねえ、お父さん――」

感情を上手《うま》く言葉にできないアシュリーさんは、すがりつくようにお父様に語りかけます。

何かが違うんじゃないか。これはよくないことなんじゃないか。彼女はそのように言葉を並べようとしたのでしょう。

「どうした。もっと喜べアシュリー。これで俺たちはたくさんの人に夢を与えられるぞ」嬉しそうに笑いながら、彼は言いました。

「お前もそのために冒険者になったんだろ？」

○

「ずっと追いかけ続けていた夢が理想と違ったとき、どうすればいい？」

すべて終わったあとで、彼女と私は何も言わずいつも通っていたレストランに足を運び、その流れで彼女は私に尋ねました。

その目は途方《とほう》に暮れていて、悲しみに沈《しず》んでいました。

「難しい質問ですね」

長年の夢を果たしたお父様とは違い、彼女は失望しきった顔をしていました。理想と現実があまりにも違いすぎたのです。子どもだった頃の彼女がお父様から聞かされたのは、結局のところただの夢物語。

人は理想の中で生きることはできないのかもしれません。理想を求めて生きることは難しいものです。美しい世界を夢見て走り出し、けれど辿り着いた先には花ひとつ咲いていないなんてことはよくある話です。

そんなときどうするのか。

「多くの人は現実に落胆しつつも慣れて生きていきます」

理想通りにならない現実なんてどうしようもないのですから。

「夢は夢と諦めて、耐えながら生きるのが普通です」

「………………」

「そしてそのうちきっと、自分がどんな夢を持っていたのかも忘れてしまうのでしょうね」

「……なんだか悲しいわね」

「そういうものですよ」

「…………」目を伏せた彼女は、それからもう一つ、尋ねます。「イレイナさんは？」

「何ですか？」

「追いかけていた理想が現実と違ったとき、イレイナさんだったら、どうする？」

「難しい質問ですね」

私だったら、どうでしょうか。

本で読んだ物語を夢見て旅に出て、現実が決してその物語のように綺麗なものでなかったとき、私はどうしていたでしょうか。思い出しながら、記憶をなぞりながら、私は物語を語るように彼女に伝えます。

「私のときも、やっぱり他の人たちと同じでしたね」

決して綺麗なばかりでない現実に傷ついて、落胆して、そのうえで慣れて生きてきました。

「………」どうやら私の回答はお気に召さなかったようです。彼女の表情は曇りに曇っています。

「やっぱりそういうものなんだ」

「そういうもんです」私は頷きながら、続けます。

「――でも、理想通りでなかったからといって人生が大きく変わったりはしませんでしたね」

「………？」

首をかしげる彼女に、私は少し偉《えら》そうに胸を張りながら語って差し上げました。

「私の夢は旅をすることでしたけれども、旅路が理想通りじゃなかったからといって、旅をやめたりはしませんでしたね」

「………」

「憧れは私の道を決めた理由であるだけで、私の人生そのものではありませんから」

ところで私は疑問だったのですけれども。

「あなたが家を出た理由って、女神を探すことだったんですか？」

「え？」

「先ほどから見ていればなんだか世の中が終わったみたいな顔をしてますけど、私が聞いた話では確かあなたの夢はお父様の物語に憧れたから、ではなかったですか？」

「……そうだけど」彼女は目の前にいない父親に遠慮《えんりょ》するように、声を抑えながら、言います。

「でも、その父親のやっていたことが、あたしの想像とは違ったから」

「夢を追いかけていた理由が分からなくなりましたか」

「何のためにこれまでやってきたんだろうな、って思ったのよ」

少なくともあたしが追い求めていたのは、雛鳥を無理に捕まえるようなことじゃないもの――と、彼女はこぼします。

まあそうでしょうね。

「あたし、どうしたらいいのかな」

途方に暮れるアシュリーさん。

「あなたはどうしたいんですか？」

今までのあなただったら、どうしていますか？　と、私は尋ねました。

「…………」

そして彼女は答えました。

ところで一つ思い出したことがあるのですけれども。

彼女はいい人であると同時に、不良娘でもありましたね。

○

「しかしまさかお前の娘が女神の涙を持って来てるとはなぁ。今回の作戦の成功は奇跡だな！」

成功を収めた彼らは卓《たく》を囲んで昼間からお酒に溺《おぼ》れていました。弓を背負ったアシュリーさんのお父様。そして彼の肩を叩いて今回の成果を喜んでいる剣士の男性が一人。静かにお酒を嗜《たしな》む斧《おの》使いさんが一人。杖のお手入れをする魔法使いさんが一人。

合計四人です。

「まあ、奇跡といえば奇跡なのかもな」アシュリーさんのお父様は少々妙な言い回しを交えながら頷きました。「実はお前らには言っていなかったが、あいつがこの国の辺りにいることは少し前から分かっていたんだよ」

おやおや？　奇跡の再会かと思いきや以前から知っていたと？　感動の再会がたった今台無しになりましたね。

「どういうことだ？」私と同じ疑問を抱いた斧使いさんが話の先を促《うなが》します。

アシュリーさんのお父様は、

「冒険者仲間に聞いたんだよ。若い冒険者がこの辺りの国をうろついてるってな」

曰く、その若い冒険者は黄金色の髪で、大きな弓を背負っており、そして女神を探して旅をしていると。

女神を探している女の子なら協力者になってくれるかもしれない――と彼はすぐさま彼女を仲間に引き入れようとしました。そこで彼はアシュリーさんの姿を見ました。

彼はおそらく、彼女の姿を見て確信したのでしょう。

自分の娘が冒険者になったことを。

「嬉しかったし、それ以上に驚いたよ――あいつ、女神の涙を持っていたんだから」

「そういえば、前から持ってたんだって？　初耳なんだけど」

と言いながら目を細めるのは魔法使いさん。お父様は手を振ってその言葉を否定しました。

「いや、女神の涙は俺の物じゃないよ。あれは俺の親父のだ」

「お父さん？」

「もう引退したんだが、昔冒険者をやっていてな――女神の生態《せいたい》を発見した張本人だよ。女神の涙は俺の親父とその仲間の魔法使いが作ったものだ」

冒険者を毛嫌いしていたおじいさまが、ですか。そこで私ははたと気づきました。

「あ、ひょっとしてアシュリーさんのおじいさまが冒険者を毛嫌いしているのって、女神の涙を商業利用しようとする人間にうんざりしたから、とか、そういう事情だったりしますか？」

ついつい口を挟んでしまうのが私という者でした。

振り向いた彼らは驚き、武器をとりました。予期せぬ突然の来訪者ですからね、当然の反応と言えますね。

「…………。きみ、アシュリーと一緒にいた魔女か。一体どこから――」

私に向けた警戒を解きつつ、アシュリーさんのお父様が尋ねました。

開けっ放しになった扉を指さして差し上げました。どこからと言われましても。

扉からですが。

「……鍵《かぎ》は？」

「それはまあ、魔法でこう……ちょちょいと」

「…………」アシュリーさんのお父様は私のざっくりとした返答に大きなため息で答えます。

「不法侵入だぞ」

「まあまあ。一緒に女神を捕獲した仲じゃないですか。雛鳥ですけど」

大目に見てくださいな、と私は言いました。

「…………」私の軽々しいノリの返事に彼は渋《しぶ》い顔で答えました。「それで、何か用かな」

「ちょっと忘れ物をしまして」

「何かな」

私は部屋の奥にある檻を指さしました。そこには哀れな女神の雛鳥たちと、親鳥と勘違いされている宝石がお一つ。何かと言われましても。

両方ですね。

「……どういうことだ?」

察しの悪いお父様ですね。

「娘さんはただいま反抗期《はんこうき》ということです」

「は?」

と間の抜けた声が漏れた直後です。

ばつん——と、矢が私たちの間を通り抜けます。お父様の弓の弦《げん》を切りながら。

「……は?」

再び間の抜けた声が漏れ、そして彼ら四人が、弓の軌道《きどう》を辿るように、先ほど私が入ってきた扉の外に目を向けます。

「——ごめんね」

彼らの視線が集まったときには、既に彼女は二本目の矢を放っていました。今度は斧使いさんが構えていた斧が吹っ飛びました。

彼らはその二発目で、彼女の明確な敵意を感じ取ったようでした。

「——アシュリー！　お前、何のつもりだ！」

お父様が叫び、使い物にならなくなった弓を捨《す》てて剣を引き抜きました。私たちの意図をようやく理解したのでしょう。

そこから先に待っていたものは衝突以外の何ものでもありませんでした。

斧使いさんと剣士さん、お父様の三人がアシュリーさんへと襲いかかりました。

子鹿すら仕留められなかったアシュリーさんですが、ここに至って披露《ひろう》された本物の実力は精密《せいみつ》そのもので、走り、迫り来る彼らの武器を一つひとつ冷静に矢で弾き飛ばしていました。

斧使いさんが素手《すで》で彼女に摑《つか》み掛かろうとすると、彼女は身を翻《ひるがえ》して避け、その勢いのまま弓そのもので男性をぶん殴《なぐ》っていました。

どうやら彼女のほうは何も問題ないようですね。

とりあえず私は、とっとと女神の雛鳥と宝石を回収するとしましょう。

混乱に乗じて私はこっそり籠に近づ——こうとしたところで、ふと視線がその近くに留まります。

冒険者である彼らが日々の冒険で集めてきたお宝の数々が無造作に置かれています。武器、杖、宝石、その他もろもろ、あらゆる物が転がっていました。

さすがはベテランの冒険者。

「おやおや……」私は武器の一つを拾い上げます。「金目の物は常にストックしているというわけですか……いいですね……」

「イレイナさーん？　何やってんのー？」

扉のほうからアシュリーさんの声。穏やかな台詞からは若干ながら「とっととやれや」という雰囲気が感じ取れなくもありませんでした。それから遅れて、

「おい！　お前はその魔女を止めろ！」

とアシュリーさんのお父様の叫び声。振り向いてみれば、魔法使いさんがいかにも渋々といった様子で私のほうに向かってとことこと小走りして来ました。ちなみにその後ろでアシュリーさんのお父様は地面に転がっていました。娘さんに弓でぶん殴られたようです。

混乱に乗じて檻ごと奪おうと思ったのですけど。

ばれちゃいましたね。

困りました。

「あのー、その子たちを取られちゃうと困るんですけどぉー……」

魔法使いさんは、降参してくださいー、と控えめな感じに杖をこちらに向けました。

おやおや？

「あ、その杖、ひょっとして『ニケの冒険譚《ぼうけんたん》』でニケが使っていたものと同じ杖じゃありません？」

「えっ。分かるんですかぁ？」

「お好きなんですか？」

「ふふふふ。わたし、実は魔女ニケに憧れて冒険者になったんですよ」

「あららら」これは随分なファンですね。

「でもちょっとお邪魔なのでこの杖は没収させていただきますね」

魔法で杖を弾き飛ばす私。

「ああっ！　杖がぁ！」

ちなみに『ニケの冒険譚』に登場した杖は結構前に流通していたヴィンテージものの杖です。同じファンとして傷物になるのは見過ごせませんでした。

というわけで弾き飛ばしながらも空中でさらに魔法を付与して、ふわふわとゆっくり落下するように調整しておきました。

「あっ。やさしい……」

私たちはゆっくりと落下してゆく杖を二人で眺めました。

……などとのんびりばかりしている場合ではありませんね。

私は檻から女神の涙を取り外しました。

母鳥——の代わりだったものを取り上げられた雛鳥たちは、先ほどまでの静けさが嘘《うそ》であるかのようにばたばたと暴れ始めます。せめて檻の中では自由に動けるように、縄をすべて解いて差し上げました。

ばたばたと檻ごと暴れます。

「イレイナさん」

背後から声。

再び振り返ると、地に伏している三人と、その前で弓を構えているアシュリーさんの姿。

その矢の軌道の先には、私。

というよりも、女神の涙があります。

「それ、投げて」

アシュリーさんに引き渡すために投げて欲しい、という意味合いではおそらくないでしょう。

女神の涙がある限り、雛鳥たちはずっと親鳥がそばにいると勘違いしてしまいますから。女神の涙がある限り、きっと同じように利用しようとする人たちが出てきてしまいますから。

「いいんですか」

「当然でしょ」

こんなものはないほうがいい。女神の涙を壊したい。

それが彼女のやりたかったことなのでしょう。

私は女神の涙を、放り投げました。

「アシュリー！　お前、それが何か分かっているのか！」

床から、お父様が悲鳴に近い声をあげます。

「知ってる！」

彼女は頷き。

矢を放ちます。

「ただの石ころでしょ」

そして女神の涙は、砕け散りました。

○

「いつまで経っても、どうしようもない後悔だけが毒のように体を蝕む」

田舎のほうの小さな国で。

アシュリーさんのおじいさんが、懺悔をするように語ってくれた内容は、次のようなものでした。

「女神の涙という宝石は偶然の産物だった。珍しい鳥の遺体で何か作れるものはないかと仲間と共に試行錯誤《しこうさくご》した末にできあがったものが、あの宝石だった」

冒険者であったアシュリーさんのおじいさんは、その宝石を作ってからほどなくして女神と巡り合います。「それはそれは美しい鳥だった。魔力を帯びた羽根をもち、何もかも切り裂く爪を持つ。あんなに美しい鳥は見たことがなかった」

驚くべきことに、彼らの前に現れた女神は、彼らを仲間と認識していました。女神の涙を持っていれば女神が警戒することなく近づいてきてくれることに、彼らはすぐに気づきました。

それから彼らは女神の研究を始めました。

どれだけ調べても欠点のない美しい鳥に、彼らは取り憑《つ》かれました。熱中しました。そして、やがて女神の涙を取り合って争うようになりました。

「それからは自然な流れで決別したよ」

あんなものは持つべきでなかった――おじいさんは吐き捨てるように言いました。

それが一つ目の後悔。

二つ目は、冒険者であった頃の物語を息子に聞かせてしまったことだといいます。

「息子もまた、儂《わし》の仲間と同じようになってしまった。幼い頃に言い聞かせた旅物語にとりつかれてしまった。儂のせいで――」

そして、三つ目の後悔。

「孫だけは、アシュリーだけは、同じようになってはならないと、儂は……」

けれどその想いもまた、届かなかったのです。

孫であるアシュリーさんは、おじいさんの再三の忠告を無視し、家を飛び出し、冒険者となってしまいました。

そうしてどうしようもない後悔だけが、おじいさんを蝕んでいったのです。

何年も、何年も。

「…………」

私が最後にアシュリーさんを見たのは、今から半年ほど前のことになります。

女神の雛鳥を一緒に巣に戻したあの日以来、私は彼女とお会いしていません――。

「これからどうするつもりですか？」

女神の涙という擬似的《ぎじてき》な親を失い、檻の中で暴れる雛鳥たちをやっと思いで巣に返したところで、私はアシュリーさんに尋ねていました。

両手にお肉を抱えた彼女は「なにが？」とにこやかな顔で振り返ります。

「これまでのように雛鳥たちはあなたに懐いたりしません。これから先はどうするつもりですか？」

「前と同じよ。餌をあげて、それで、この子たちが独り立ちするまで面倒はみるつもり」

さすがに前と同じようにべったりとくっついて世話はできなそうだけどね――と彼女は威嚇《いかく》してくる雛鳥たちを見やり、苦笑します。

彼女にとって冒険者とは、救う者のことを指します。

小さい頃に憧れた本の中の冒険者は、少なくとも彼女にとってはそう映ったのです。

たとえ小さい頃に憧れた物語の主人公の正体が、理想とかけ離れていたとしても。

関係ないのです。

目の前の現実は憧れそのものを否定するかもしれませんけれども。

それまでの日々をなかったことにするわけではないのですから。

「あたしね、この子たちが飛べるようになったら、一度実家に帰ろうと思うんだ」

「そうなんですか」

「おじいちゃんに謝らないといけないから」

女神の涙を割ってしまったこと。忠告を聞かずに出て行ってしまったこと。ひどい言葉を吐いてしまったこと。

それからのことは、全部家に帰ったあとに決めたい、と彼女は言っていました。

「あ、そういえばイレイナさん」

彼女はお肉を雛鳥たちに遠くから放り投げながら、言います。「イレイナさんって旅人だよね。あたしの実家に行く予定とかある？」

「あなたの実家がどこにあるか分からないのですけど」

「地図あげればわかるよね」

「私に行って欲しい用事でもあるんですか」

尋ねながらもおおよその見当はついていました。

「もしよかったら、おじいちゃんに女神の涙の破片《はへん》、渡して欲しいのよ」

あたしはもう少しかかりそうだから、と言いながら彼女は私に包みを渡します。中にはばらばらに砕けた宝石の破片が詰め込まれていました。それから彼女は地図を手渡しつつ、返事を聞くこともなく「頼んだわよ」と一言。

私が訪問することは既に彼女の中では決まりきっているようですね。

「まあ、気が向いたら行きますね」

いつになるか分かりませんけど——なんてそのときは答えたものですが。

だいたい半年後になりましたね。

お約束の通り、私は半年の歳月を経たのち、彼女の故郷のそばを通りかかったので、彼女のおじいさまに破片を手渡し、顚末《てんまつ》を語ったのです。

「まあ、最後に会ったときは元気にやっていましたから、多分、今も元気にやっているのではないでしょうか」

アシュリーさんはお父様の現状を知って多少曇りはしていましたけれども、結局のところ彼女に不安が生じたのはその一瞬くらいでした。あとはいつも明るく振る舞っていたことですし、きっと今でもうまくやっていることでしょう。

「いつ頃戻ってくるとか言っていたか？」

「いえ、具体的な時期は何も」

「そうか――」

お孫さんの安否が気になっているのでしょう。

「まあ、もうじき帰って来るんじゃないですか」

だからまあ、大丈夫だと思いますよ――と。

投げやりに言いながら、私は窓の外を見上げます。

まばゆい青空の中。

まるで女神のように美しい鳥が、心地よさそうに飛んでいました。

第二章

旅の殺人鬼

「ね。怖《こわ》い話をしてもいい?」

私がその殺人鬼《さつじんき》のことを初めて知ったのはつい昨日《きのう》のことになります。

「この辺りの地域では有名な話だよ。見た目も年齢も誰も知らない。だって目撃者がいないんだもの。だけれどいつも同じ手口で人を殺す。国から国を渡り歩く殺人鬼はいつしか『旅の殺人鬼』と呼ばれるようになったんだって」

とある街で人気の喫茶店《きっさてん》にて。

私の向かい側に座る彼女は、チョコレートケーキをフォークで刺しながら楽しそうに語っていました。

髪《かみ》は黒く、長く、腰《こし》には短剣《たんけん》と杖《つえ》が一つずつ。

名はリッタ。

普段は仲間と三人で国々を渡っている旅の魔法使いなのだとか。

「そうなんですか」

ではそんな旅人が一体なぜ私と二人っきりで食事をしているのかといえば、これはもう単純に運命の巡《めぐ》り合わせとしか言いようがないでしょう。

正直《しょうじき》に白状《はくじょう》してしまうと、私は旅の最中、ついついうっかり軽い気持ちで、特に考えもなしに人気店の行列《ぎょうれつ》に並ぶことがしばしばあります。時間を持て余した旅人にとって行列に並ぶことなど当たり前のことなのです。

「お客様は何名で……え、一人……？　少々お待ちください……。あの、相席《あいせき》でもよろしいですか――……？」

そして行列に延々《えんえん》と並んだ結果、店員さんに案内されたのがリッタさんの座る席であったということになります。

「やほ」

リッタさんは初対面である私に、まるで旧来の知人であるかのような軽いノリでご挨拶《あいさつ》。

それから私たちは簡単に自己紹介をいたしました。

「灰《はい》の魔女イレイナです」と私。

「ふうん。イレイナさんね。よろしく。いい服を着てるわね」

「そうですか」

「私の好みではないけど」

「何なんですか」

初対面の段階で彼女がまあまあ変わり者であることだけははっきり分かりました。

それから彼女は自らの名と、旅人であることを明かしてくれました。

曰《いわ》く彼女は旅の仲間二人とは一時的に別行動をとっているとか。なぜですかと尋《たず》ねると、今まさに食べているケーキを彼女は指差しました。

「旅仲間に聞かされたんだけどね、ここのケーキの味は知らなきゃ損《そん》らしいわよ」とのことでした。

行列ができるだけの理由はあるというものですね。

それから会話は世間話《せけんばなし》へと変わり、なぜだか突然、彼女は殺人鬼の話を始めたのです。

「物騒《ぶっそう》な話ですね」

「でしょー」

「そして食事中にする話ではないですね」

「そっかなー」もぐもぐと呑気《のんき》に食すリッタさん。

彼女はあまり他人の話を聞かないタイプなのでしょうか。それからもずっと、『旅の殺人鬼』について語り続けました。

「一応言っとくけど、これは注意喚起《かんき》なわけよ。旅の殺人鬼のターゲットは主に旅人なのよね」

「旅人を狙《ねら》った旅人の殺人鬼ですか」

随分《ずいぶん》とややこしい特性をお持ちのようで。

「この殺人鬼のターゲットは主に女性の旅人。おぞましいことにこの殺人鬼はね、服を必ず全部盗むの」

「服を盗む？」

首をかしげる私。

彼女は頷《うなず》きます。

「着ていた服をこう、ばっさー、って脱《ぬ》がして、それからばっさー、って着せるの」

「すみませんさっぱり分かりませんが」

語彙力《ごいりょく》のない彼女の代わりに説明すると、この連続殺人鬼は人を殺《あや》めた際に必ず服を全部脱がし、それから赤の他人の服を再び着せて立ち去るのだといいます。

「で、その赤の他人ってどなたなのです？」

「前回の被害者」

「…………」

「であると同時に、直前まで殺人鬼」

「…………」

つまりこの旅の殺人鬼は、殺めた相手の服を身にまとい、成り済まし、飽《あ》きたらまた別の殺人を犯《おか》して被害者の服を着て更に別人に成り済ます……そうやって国から国を渡り歩いている、という流れを汲《く》んでいるようです。

「お着替え感覚で殺人を犯すとはなかなかの危険人物ですね」

「そうね」

「でもどうしてわざわざ着替えたりなんてしているのです？」

「私に聞かれても分かんないわよ。専門家でもないんだから」と言いながらも憶測《おくそく》を語るリッタさん。「多分、自慢《じまん》したいんじゃないかしら」

「自慢ですか」

「この連続殺人鬼はこれまでの殺人を自慢したいの。だからわざわざ犯人が分かるように痕跡《こんせき》を残して逃げるのよ。で、殺人の記念として、次の被害者から服を奪う。その繰り返し。街でいい服を見かけたら、『この服いいなー』『あ、でもこっちの服もいいなー』って吟味《ぎんみ》するでしょ？　それで、新しい服を買ったら当然着るでしょ？　多分殺人鬼にとってはそういう感覚なのよ、殺人って」

「……なるほど」その憶測は筋《すじ》が通っているように感じられました。「とんでもない危険人物ですね」

「そ。だから注意喚起してるってわけよ」いい服着てたら狙われちゃうかもよ――と彼女は意地悪な笑みを浮かべます。

旅の殺人鬼のお話はこの辺りの旅人の間ではなかなか有名な話であるそうです。身ぐるみ剝《は》いで他人に成り済ます凶悪犯。これだけ特徴が知れ渡っているというのにまだ捕まらないのは、よほど姿を変えるのが上手《うま》いのでしょうか。それともよほど身を隠すのが上手いのか。

どちらにせよ、確かに有益《ゆうえき》な情報であるといえます。

「魔女さんも気をつけてね。旅の殺人鬼は主に夜活動する。被害者はみんな宿屋で殺されている」

夜中の来客には特に気をつけたほうがいいかもねー、とくすくすと笑うリッタさん。

「脅《おど》しですか」物騒ですね。

「世の中、知らないほうがいい話ってあるじゃない。たぶんこの話も同じ類《たぐい》のものだと思うのよね」

私が目を細めるなか、リッタさんは飄々《ひょうひょう》と語り続けました。「だって、こんな話を聞かされたら、しばらく宿の夜が怖くなるでしょ？」

確かにまあ、そうですけれども。

「そんな話をわざわざ食事中にするのですか……」

「私も旅仲間に聞かされてすごく怖かったんだから。不幸のおすそわけよ」

「ご迷惑《めいわく》な話ですね」

つくづく食事中にするような話ではないと思いますけど。

「ま、お互《たが》い気をつけましょ」

リッタさんは笑いながらケーキを美味《おい》しそうに頰張《ほおば》りました。

リッタさんが遺体で発見されたと報告を受けたのは、その翌日のことになります。

○

私がその日に滞在していた国は小さな国でしたから、殺人事件の報《しら》せが私のような旅人に伝わるまでさほど時間はかかりませんでした。

リッタさんの遺体は、宿屋で発見されたそうです。

彼女が先日私に語ってくれたように、服は替えられ、息絶えていました。

床《ゆか》に横たわる彼女の顔には布がかけられており、その表情は見えません。ただ冷たくなった身体《からだ》だけが、宿の床にだらりと転がっています。

「ああ……リッタ……。どうしてこんなことに……」

彼女の亡骸《なきがら》にすがりつくのは旅の仲間でしょう。

話によれば、今朝、旅人仲間二人が朝食を食べるためにリッタさんが泊まる部屋を訪ねたところ、彼女の遺体を発見したとのことです。

二人は昨日は別行動をとっていたため、彼女の姿は一昨日《おととい》を最後に、それっきり見ていないことになります。

「………」

犯人はドアから普通に入ってリッタさんを殺めたのちに普通に扉《とびら》から出て行ったのでしょう。部屋のどこも荒らされた形跡がなく、窓も閉ざされています。宿の壁は薄《うす》いようで、リッタさんの直近の行動を知るために街の住民に兵士たちが声を掛けて回っている様子が部屋の中からでもうるさいくらいに聞こえました。

しかしながらさすがに旅人との知り合いなど早々に見つかるものではありません。

結局、旅の同行者以外に彼女の部屋に集められたのは私以外にはいませんでした。

物音を聞いた者もいません。

「旅の殺人鬼による犯行で間違いないでしょう――」

現場を見に来た兵士の一人は途方《とほう》に暮れて、リッタさんと最後に会話した私のもとへと来ました。

その顔はとても曇《くも》っています。

「魔女様、詳しくお話を聞かせていただきたいのですが」

「はい」

ここに来る途中でほかの兵士さんには一度軽く説明はしましたけれども、まあこういう場合においで何度も同じ話をするというのはよくあることです。

私は頷きながら再度説明をしました。

「彼女とは喫茶店でたまたま相席になりまして――」

まるで自らのアリバイを語るように一から順を追って話す私。

「……ふむ、そうですか……」

兵士さんの顔色は、曇っていました。「ちなみにそれはいつ頃のことですか？」

「……昨日の昼頃のはずですけれども」

間違いありません。確かな記憶です。

私が答えると、兵士さんは、「……おかしいですね」と険《けわ》しい表情で、首をかしげました。

それから彼は言うのです。

「彼女が死んだのは一昨日です」

「……は？」

困惑する私に、兵士さんは言います。

「彼女は一昨日の晩にこの部屋で殺されています。昨日の昼に喫茶店にいるはずがないのですが――」

一体どういうことでしょう……と困惑しながら、兵士さんはリッタさんの遺体の元へと歩むと、彼女の顔を覆《おお》っていた布をめくり、私に見せました。

「魔女様、あなたが会ったリッタさんはこちらの女性で間違いありませんか？」

露《あら》わになったのは、恐ろしいほど白い顔。

恐怖に歪《ゆが》んだ白い顔。

私は愕然《がくぜん》としました。

「……それは一体誰ですか？」

そこには。

まるで知らない赤の他人の顔があったのです。

●

「お客様。お食事中、申し訳ありません、現在店内が大変込み合っておりまして――」

とある国のレストランで一人食事を摂《と》っていた旅人に、ウェイトレスは頭を下げた。

食べながら耳を傾《かたむ》けると、どうやら店内が込んでいるせいで席が足りないらしい。空いている席といえばちょうど二人分の席を占領している旅人の卓《たく》くらいしかないのだという。

要するに席を片方他の客に明け渡せとの打診だった。

「いいよ」

旅人は快諾《かいだく》した。

食事を食べさせてもらっているのである。席を片方譲《ゆず》るくらい何の問題があるだろうか。

それからほどなくして一人の客が彼女の前に座った。

「やほ」

と彼女はまるで旧来の知人にするように軽い挨拶を投げかける。少し戸惑《とまど》いながら会釈《えしゃく》しながら向かい側に座った女性は、聞けば最近旅を始めたばかりの新人だという。

確かに、向かい側の席に座るあどけない顔立ちの女性は、よく見れば綺麗《きれい》でいい服を着ている。

「いい服を着ているね」言いながら旅人は女性の顔を見る。

服も顔立ちも、とても綺麗で魅力的だった。

「でも奇遇だね、実は私も旅人で――」

それから旅人は自らの身の上を語り始めた。

同業者と知って親近感が湧いたのか、思わぬところで旅人としての先輩と巡り会えたことが嬉《うれ》しかったからか、新米旅人と彼女の会話は思った以上に弾《はず》んだ。

そして旅人は、会話の最中に語るのだった。

「ね。怖い話をしてもいい？」

第三章

傘とほうきと雨の話

THE JOURNEY OF ELAINA

その日は雨が降っていました。

鉛《なまり》のようにどんよりと陰《かげ》った空から絶《た》え間《ま》なくざあざあと降り注ぐ雨粒《あまつぶ》たち。まるで視界すべてが霧《きり》にかかったように、世界が暗く沈《しず》んで見えます。

「いやですねー……」

レストランに入ったときにはまだ怪《あや》しい曇《くも》りの空模様《そらもよう》を醸《かも》していただけだったのですけれども。空腹《くうふく》を満たしてお店を出た頃にはすっかり外の世界が様変わりしていました。

まるでずっと前から降り続いているかのような雰囲気《ふんいき》を見せる土砂降《どしゃぶ》りの雨は、まだしばらく止《や》みそうにありません。

私は傘《かさ》を広げて、宿屋までの道を辿《たど》ります。

雨はあまり好きではありません。じめじめしていますし、どんよりしていますし、気分が滅入《めい》りますし。かといって宿屋で本を読んで過ごしていても湿気《しっけ》で気分が晴れず、時間とともにバイタリティが失われるばかり。まるで雨水を吸った布切れのように身動きひとつとれずにベッドに寝転ぶ羽目《はめ》になるのです。

何もしていないのに疲《つか》れてしまいます。

「きょうは帰ったらとっとと眠ることにします……」

やる気皆無《かいむ》の私はため息をこぼしながら言いました。

すると私の横に並んで歩く彼女が、傘をあげてこちらを見ました。このところあまりゆっくりと宿屋で眠れていませんし、休養をとるにはいいタイミングでしょう。

「わたくしという物がありながら寝てしまうのですか？」

まあ……！　と大袈裟《おおげさ》に驚き悲しんでみせるのは、一人旅をする私と普段から行動を共にしている女性、あるいは物。

ほうきさん。

武器を定期的に手入れしなければ錆《さ》びて使い物にならなくなることと同義で、魔法も定期的に使わなければ衰《おとろ》えてしまいます。特に、物を人間に変えるような複雑な魔法に至っては長らく使わなければ使い方を忘れてしまうやもしれません。

魔法使いとしての腕を磨《みが》くという名目でも、複雑な魔法を定期的に使うことには大きな意味があります。

というわけで本日は久々《ひさびさ》にほうきさんを人間に変えて、ついでに昼食を共にしたという流れを経《へ》たのです。どうせなら、ほうきさんが人になる魔法を、眠っていても放てるくらいに極めたいものですね。

しかし、こんな日に生憎《あいにく》の雨とは何とも運が悪いものですね。

「雨、いいではないですか。雨音が街の喧騒《けんそう》をかき消してくれます。この流れる雨粒が静謐《せいひつ》なひとときをくれるのです」

わたくしは好きですよ、と彼女はまるで流れる雨に配慮《はいりょ》するかのように、傘から外に手を差し出して微笑《ほほえ》みます。

「静謐、ですか……」

私は雨音に耳を傾《かたむ》けます。石畳に落ちる雨の音。屋根に当たって弾《はじ》ける雨の粒。水たまりの中に飛び込む雨の雫《しずく》。それぞれ異なる音色の雨粒が街には絶え間なく降り注ぎ、雨音の合間をぬってかろうじて響くのは、子犬《こいぬ》の鳴き声くらいです。

………。

子犬の鳴き声？

『くぅーん……くぅーん……』

ふと気になって、私は顔を上げました。見ると、道の隅《すみ》っこのほうには黒い傘が広げられたまま放置されていました。その真下には木箱が一つ。子犬の鳴き声はそこから響いているようです。

「……捨《す》て犬でしょうか」

気づけば私の足はそちらに向かっていました。流れ者の旅人ゆえに、こんなところで子犬を拾《ひろ》ったところで私にはどうすることもできません。けれども一度気になってしまったからには覗《のぞ》き込みたくなるものです。

私は木箱へとほんの少し小走りで向かいました。

そして、木箱を覆《おお》う大きな傘を、持ち上げたのです。

「……子犬を捨てるほど薄情《はくじょう》なのに濡《ぬ》れないために傘を差してあげるとは、優しいのだか残酷《ざんこく》なんだかよく分かりませんね」

などと言いながら。

そして私は木箱の中を覗き込んだのですけれども。

「………?」

首をかしげました。

『くぅーん……くぅーん……』

鳴き声は、聞こえています。

にもかかわらず、木箱の中は空っぽ。犬はおろか、何ひとつ入っていなかったのです。

「イレイナさま、どうしたのですか?」

背後から小走りで追いかけてきたほうきさんが尋《たず》ねます。その言葉の語り方には、「何かおかしなことでもあったのですか?」というような疑問よりも、「あなたは一体何をしているのですか?」という当惑《とうわく》が混ざっているように感じました。

そして彼女は、傘を二つ手に持って首をかしげている私に言うのです。

「泣いているのは箱のほうじゃなくて、その子ですよ」

「えっ?」

私はたった今持ち上げたばかりの傘を見つめます。

『くぅーん……くぅーん……』

雨に濡れて、傘が鳴いていました。

……。

どゆことですか？

●

「一体どういう仕組みなんですか」

泣き声をあげる傘という、なんとも珍《めずら》しい代物《しろもの》にイレイナさまは興味津々《きょうみしんしん》でした。宿屋に持ち帰るなり、雨水を拭《ぬぐ》い取り、広げたり、閉じたりしながら、さまざまな視点から傘を観察します。

ところで話は変わりますが、研究において外見の観察は極めて重要な要素であるそうです。以前イレイナさまがわたくしに語ってくれました。外見を観察することで、その物がどのような物なのかを大雑把《おおざっぱ》に把握することができるのだといいます。

ゆえにイレイナさまは、物を調べるときはまず外見をよく見るそうです。

そんなお話をしてくれた際にわたくしは、「でも物には恥《は》ずかしがり屋な子もいますから、あまりじろじろと見ないであげてくださいね」と物としての立場から意見を言わせていただいたのですけれども。

おそらくイレイナさまは当時に交わしたお話は忘れてしまっているのでしょう。

「いったいどこから鳴き声が……？」

つんつん、とつついてみたり、撫《な》でてみたり、叩《たた》いてみたり。傘をくまなく隅々《すみずみ》まで調べておりました。

そんな風に好奇心《こうきしん》に火がついたイレイナさまを観察していたわたくしは、ここではたと一つ気づいたことがありました。

「イレイナさま、ひょっとして、その子の声が聞こえていないのですか？」

首をかしげるとイレイナさまも鏡《かがみ》のように首をかしげます。

「声？　いえ、鳴き声なら先ほどからずっと聞こえていますけれども」

「鳴き声、ですか？　涙《なみだ》を流すほうの泣き声でなく」

「そうですけれども……」

「なるほど」わたくしはそこでようやく気づきました。「では、イレイナさまにはその子の声が動物的な鳴き声として聞こえているということですか」

「？　ええ、まあ……」イレイナさまは、「子犬みたいな感じの鳴き声に聞こえていますけど、ほうきさんは違うんですか？」と訪ねてきました。

そうですね。

「わたくしには普通に人間的な声として聞こえております」

頷《うなず》き、傘を見ました。

『きゃあああああ！　やめてえ！　どこ見てんのよ！　あたしのこと誰だと思ってんのよ！ちょっと！』

傘さんはぺたぺたぺたぺたと無遠慮《むえんりょ》に触り続けるイレイナさまに悲鳴をあげていました。

「ちなみにイレイナさま。今、傘はどんな声をあげていますか？」わたくしは尋《たず》ねました。

「あおーん。って言ってますね」

「遠吠《とおぼ》えですか」

「そういう風には言っていないんですか？」

「まったくもって違うことを話しています」

どうやらわたくしとイレイナさまの間の認識に、大きな差があることがここに至って明らかになりました。

『やめてぇ！　こんな人前で傘を広げないで！』

「あらら。甘い声で鳴いてますね。喜んでいるのでしょうか」

「ぶちギレてます」

『いい加減《かげん》にしなさいよ！　こんなことしてタダで済むと思わな――きゃっ！　やめて、どこを触って――』

「おやおや？　この傘の鳴き声が急に柔《やわ》らかくなりましたね。ひょっとして甘えています？」

「いえ、ぶちギレてます」

『くっ……、こんな辱《はずかし》めを受けるのは初めてだわ――いいわ。覚悟を決めたわ。さあ！　煮《に》るなり焼くなり差すなり好きになさい！』

「あ、今度は怒《いか》っている感じの鳴き声になりましたけど」

「いえ、これは聞きようによってはちょっと喜んでいるという風にもとれます」

わたくしの返答にイレイナさまは戸惑《とまど》いました。

「なかなか複雑ですね……」

わたくしは頷きます。

「傘というものは尖《とが》った子が多いのです」

「はあ……」

そうなんですか、と頷くイレイナさま。そのタイミングでイレイナさまは、「ところで一体どうしてこの傘さんは捨てられていたのですか?」と根本的な疑問を投げ掛けます。

それは確かにわたくしも気になっていたところでございます。

「なぜです?」

わたくしは傘さんに尋ねました。

『はあん?　なによ。ほうきごときが私に質問しないでよね!』

なるほど。

「答えたくないそうです」

「なるほど」

イレイナさまは容赦《ようしゃ》なく傘をばさばさと開閉しました。

『いやあああああっ!　話します!　話しますからやめてぇ!』

うわあ。

「それで、傘さん。一体何があったのですか？」

『ううううう……、わたしにはちゃんとした持ち主の子がいるのに……変な女に無茶苦茶にされちゃった……』

「彼女は何と」

「涙を流して泣いています」ばさばさしたことで、傘についていた雫が床に垂れておりました。

「これ涙だったんですか」

あららら、とイレイナさまが傘さんを畳んだところで、彼女のお話が始まりました。


傘さんは雨の日が好きでした。

傘が最も活躍できる日ですから、当然ですよね。老舗《しにせ》の傘屋さんで傘として生まれた彼女は、いいトコロのお嬢様。雨の日が訪れる度《たび》に、彼女は胸躍らせながら、店の奥から窓の外を眺《なが》め、粛々《しゅくしゅく》と傘を作り続ける職人さんに話しかけました。

『ああ、楽しみだわ、楽しみだわ！　いったいどんな素敵《すてき》な人がわたしを買ってくださるのかしら？　ねえおじいさん、どんな人だと思う？』

森の木を用いて作られた柄《え》。長年売れ残っていた彼女は、声を出せるようになっていました。長く使われた物は往々《おうおう》にして不思議な力が備わるものなのですね。職人さんはそんな彼女に振り返り、言いました。

「ああー？　なんだァ？　なんか傘から変な音すんなァ。こいつももう古いからなぁ……こんなんじゃ売れねぇか。よし、捨てるか」

『えっ』

彼女は翌日、燃えないゴミとして捨てられました。彼女の声は人には聞こえなかったのです。

「まあ店の奥で変な音を鳴らす傘なんて正直《しょうじき》なところ不気味《ぶきみ》ですからね」イレイナさまはド正論を言いました。

「やめてくださいイレイナさま。正論《せいろん》は時としてハラスメントになります」

話を戻しましょう。

燃えないゴミとして捨てられた彼女は、悲しみに暮れながら、ゴミ捨て場から空を見上げました。

鉛色の空。

ああ――わたしはこんなところで生涯《しょうがい》を終えてしまうのでしょうか。いいトコロのお嬢様から一転して無職。なんという波乱万丈《はらんばんじょう》。あまりの落差の激しさに彼女は呆然《ぼうぜん》としました。

そして降り注ぐ雨。

雨は容赦なく彼女の身体《からだ》を濡らしました。

そんな時のことでございます。

「おいおい急に雨か……困《こま》ったな――」一人の男性が、彼女の前を通りかかりました。

男性はふと彼女を見つけると、「おっ。こんなところに傘あるじゃん。ラッキー」と彼女を拾い上げたのです。

『きゃっ！　強引な人……！』いいトコロのお嬢様であった彼女は突然、男性に広げられたことに驚き、困惑《こんわく》しました。『やめなさい無礼者！　わたしはあなたのような男に開かれるような安い傘ではなくってよ！』

言いながらも、しかし同時に、確かな胸の高鳴りがありました。

『どうして……どうしてわたしの胸はこんなにときめいているの……？』

惚《ほ》れっぽい彼女はすぐさま恋に落ちました。

そこまで聞いたところでわたくしは尋ねました。

「それがあなたの持ち主さんということですか？」

彼女は首を横に振ります。

『いいえ最初の男です』

「最初の男」

その言葉の通り、恋に落ちたものの、結局、最初の彼との関係はすぐに終わりを迎えました。

『彼はそれから喫茶店《きっさてん》に入り、そのまま私をそのお店の傘立てに置いていったわ……』

あらら。

「ひどい男ですね」

しかしなぜ捨てられたのです？

『とにかく捨てられたくなかったから、拾われた直後から話しかけ続けたら「うわっ。何だよこの傘！　気持ち悪っ！」って捨てられましたの』

「なるほど捨てられたのは当然の道理でしたか」

『ひどい！　何てことというのっ！』

しくしくしくしく。傘さんは再び泣き出しました。イレイナさまは「さっき拭《ふ》いたばっかりなのに……」と少々苛立《いらだ》ち、頬《ほお》を膨《ふく》らませながらぞうきんで床をふきふき。

傘さんはそんなイレイナさまの真上で依然《いぜん》として涙を落とします。

『最初の彼とはそれっきり……、わたしね、彼の家にすらあげてもらえなかったの……』

最初の男性との関係は、通り雨のようにあっさりとした関係性でしかなかったといいます。

『ひどいわよね……わたし、初めてだったのに……』

まあ初めてだったかどうかはさておき。

「それからどうなったのですか」と話の続きを促《うなが》すわたくしでした。

曰《いわ》く彼女はそれから──つまり、たくさんの持ち主たちの手を転々としたそうです。

『わたしはそれから男女問わず色々な人たちの手を渡っていったわ……』傘ほど盗まれやすい物もないでしょう。どういうわけか人は降《ふ》りしきる雨を凌《しの》ぐためなら他人の傘を盗むことは罪に問われないという考えを持ちがちなのです。

結果、彼女は路上と傘立ての間をうろうろと行き来することになりました。

「もう……急な雨で困っちゃう……」

二人目の持ち主は若い女の子でした。「あーあ。いつもだったら下僕《げぼく》の男たちに傘差させるのになぁ」その少女は普段からあらゆる男をとっかえひっかえする、傘さん曰くクソ女でした。

「ま、ちょっと汚《きたな》いけどこの傘でいっか」

少女は傘を拾って開きます。

『がるるるる！』

傘さんはブチギレました。率直《そっちょく》に言えば彼女と傘さんの相性は最悪でした。

「ぎゃあああああっ！　傘がしゃべったぁ！」少女は傘さんを近所の喫茶店の傘立てにぶっ差して、そのまま雨の中を全力ダッシュで帰りました。

『ふっ！　いい気味《きみ》だわ！』と傘立てから吐《は》き捨てる彼女。

それから彼女が別の方に引き取られたのはわずか数分後。

次の持ち主はいかにも年収が高そうな身なりの男性でした。

「おや。急な雨か。これは困ったね」

喫茶店から出てきたばかりの彼は、手のひらを空に向けて雫を受けてため息をつきました。

「しかし僕が濡れてしまっては世の損失《そんしつ》だよね」

この優男《やさおとこ》はまるで最初から傘が彼のものであったかのように、堂々と傘を盗みました。

『きゃっ……！　強引な人――』

傘さんはきゅんきゅんしました。お金持ちっぽい外見と、いざという時は引っ張っていってくれる人間性が傘さんの性癖《せいへき》にぶっ刺さったのだといいます。わたくしはついさっき会ったばかりの物の性癖を聞かされたことに何ともいえない感情を抱きました。

この優男さんとの関係はしばらく続いたそうですが、しかし傘さん曰く、この男はとんでもないDV男だったのだそうです。

「ねぇー、今日はどこに連れていってくれるの？」傘の下には一人の少女。

優男さんは傘さんという物がありながら、他の女を傘さんの下に入れていたのです！

「どこに行きたい？　君の好きなところならどこでもいいよ」

「あたしのこと好き？」

「もちろん！　君が一番だよ」

「やだもぉー！　他の人にも同じようなこと言ってるんでしょ」

満更《まんざら》でもない顔をしながら優男さんの肩をぺちぺち叩く少女。

数日後。

ほかの女を傘に入れて優男は、「君が一番さ……」と囁《ささや》きました。

この男はクズだとわたくしは思いました。

優男は本命の彼女がいながら、「最近、彼女とあまり上手《うま》くいっていなくてね……」とそれっぽい感じの悩みを打ち明けて弱みを見せつつ、女性の母性本能を刺激することで片《かた》っ端《ぱし》から女の子をとっかえひっかえするくそやろうでした。彼にとって女性は簡単に拾うことができて簡単に捨てることができるものなのか、傘さんの下には毎回違う女性が入りました。

傘さんはたくさんの人を入れていきました。

そして三週間程度経《た》った頃にある日突然、彼に捨てられました。悲しいことに雑な理由で拾われた傘さんもまた、簡単に捨てられる物の一つだったのです。

出会ったときのように喫茶店で、彼女は置き去りにされました。

そうして彼女は、それからも人の間を転々としました。ある日は壮年《そうねん》のおじさんが。ある日は若い女性が。ある日はおじいさんが、あるいはおばあさんが。

たくさんの人が彼女を差して歩きました。

一時、雨を凌ぐためだけに。

『ふふ……だからね、わたしはもうたくさんの人の手で汚されてるの……』

自嘲《じちょう》気味に笑いながら、彼女は誤解を招《まね》く台詞《せりふ》を吐きました。わたくしは聞き逃しました。

「それで、今の持ち主さんとはいつ出会ったのですか？」

『よくぞ聞いてくれましたわね！』

彼女の声が跳《は》ねます。

「むにゃむにゃ」そしてこのタイミングでイレイナさまが寝息をたて始めました。話が長くて眠くなっちゃったようで数日前からあまりゆっくりと眠っていないようですし、まあ仕方がありませんね。

傘さん曰く、今の持ち主の彼との出会いは、まさに運命的であったそうです。

雨が降るその日、彼女は路上で誰かに拾われることを待っていました。

初めて捨てられた日のように。

『くぅーん……くぅーん……』

彼女は悲しく鳴いていました。雨が降るたび人から人へとシェアリングされるだけの毎日。一体私は何をしているのだろう。こんなはずじゃなかった。セレブな傘としての矜持《きょうじ》はもうどこにもありませんでした。

一生こんなことが続くのかしら――そんなことを思うと、涙が止まりませんでした。

そしてその日も、見ず知らずの人が彼女を拾い上げました。

「もー。急な雨とか困っちゃうなぁ」

それはまだ十歳くらいの少年。

彼女は泣きました。

『ああ悲しいわ……！　わたし、ついにこんな子どもにまで拾われるようになってしまったのね……！』セレブ傘なのに！

落ちるところまで落ちたものね！　と彼女は嘆《なげ》き悲しみます。少年からしてみればその彼女の嘆きは変な音もしくは子犬の鳴き声にしか聞こえなかったでしょう。

しかしどのみち少年は彼女の声など聞いていなかったようですけれども。

「すげー！　この傘めっちゃ格好《かっこう》いい！」

振り始めた雨の中で、ばさりと開いた黒い傘。

『ふんっ。わたしは高級セレブ傘よ？　格好いいのなんて当然じゃない。なによこの子ども……』

ぶつぶつ文句《もんく》を言いながらも彼女は少年が濡れないように凌いであげていました。

少年は上機嫌《じょうきげん》で雨の中を歩きます。

『どうせこの子どももわたしを捨てるのね……』

もはや彼女は拾われても喜ぶことはありませんでした。今まで一体どれだけの人に捨てられてきたというのでしょうか。

どうせこの子もわたしを捨てる。期待をするから悲しくなる。

彼女はもう、既《すで》に鳴き声を漏《も》らすことすらなくなっていました。ただの普通の傘に成り下がったのです。

「ただいまぁ」少年は家に帰るなり傘をそのままお風呂《ふろ》に持っていきました。「雨って結構汚いからね、ちゃんと綺麗《きれい》にしなきゃ」

少年は傘についた雨粒を綺麗な水で洗い流し、それからお部屋で干《ほ》しました。

長い間に傘さんにこびりついた汚れが、流されていきます。

『ふん……、子どものわりには分かっているじゃない……、傘の扱《あつか》い方』

感心しながらも、傘さんは自らに言い聞かせました。この子もどうせわたしを捨てる、きっと捨てる、期待しちゃいけない——と。

けれど少年は、相当の変わり者でした。

「いやぁ本当にめっちゃ格好いいなぁ……」

お部屋で干してある傘さんを眺めてうっとりする少年。よほど暇《ひま》だったのか彼はそれから傘さんをスケッチして時間を潰し、それから夜になれば傘さんを抱いて眠りました。

『なにこの少年……』

そして少年のおかしな行動はそれだけに留《とど》まりません。少年はよほど傘さんのことが気に入ったのでしょう。

朝は傘さんを抱いて起きるのは当然ながら、それから学校に行くまでの間ずっと傘さんに一方的に話しかけ、帰ってくれれば学校であったことを傘さんに話します。

傘さんはこれまでの生涯で一度もなかった展開にとにかく戸惑ったといいます。そうですよね。わたくしも聞いていて戸惑っています。

とはいえ、少年はまだ十歳。

多感な時期です。

小さい頃は何の変哲《へんてつ》もない物が宝物になったりするものです。きっと彼にとっては偶然《ぐうぜん》拾った傘がまさにそうだったのでしょう。

しかし彼女はすっかり人に心を許さなくなっていました。

どうせ捨てられるのですから。

「ふふふ。傘さん。聞いて。今日はね、学校で先生に褒《ほ》められたんだ！　なんでだと思う？　それは僕の成績が優秀だからだよ」むふん、と胸を張る少年。

一週間か、二週間か、それとも一日でしょうか。

どうせこの子も飽《あ》きるに決まっているのです――。

「傘さん、きょうは休日だから一緒に出掛けよっか！」

けれど暇さえあれば少年は傘さんを連れまわしました。

「今日は図書館に行こう！」

休日はいつも一緒でした。

「雨が降った！　出番だよ！」

雨の日は意味もなく出かけました。

「あーあ。雨降らないかなぁ。はやく傘差したいや」

晴れの日は雨を待ちわびていました。

「傘さんを拾ってから毎日が楽しいんだ」

それでもきっとそのうち飽きるに決まっているからと、彼女は口を噤《つぐ》み続けていました。

「ずっと雨だったらいいのにね」

けれどそんな風に笑う少年に、徐々に心を許しつつありました。

そうして少年と二人きりの時間が流れ続け。

一週間前のことです。

「——わーい！　久々の雨だね！」

気が滅入るほど降りしきる雨の中で少年だけがまるで晴れた日のように浮足立《うきあし》っていました。

彼にとっては雨が晴れなのです。

「傘さん、今日はどこに行く？」

久々の休日。彼は傘を大事そうに差して、街を歩きました。

いつしか彼女も、そんな彼の気持ちに応えたいと思うようになっていました。

『…………』

行きたい場所はどこでしょう。

きっと言葉を放っても彼には届かないと知りつつも、彼女は、語っていました。

『どこでもいいわ』

それは彼女の素直《すなお》な気持ちでした。『私が傘として雨を凌げる場所なら、どこでも――』

それは物としての本懐《ほんかい》でした。

大事に大事に、長く長く、ただ使って欲しいだけなのです。

その思いは、少年に届いたでしょうか。

きっと変な音として彼には聞こえたのでしょう。いつものことです。

「…………」

彼は沈黙《ちんもく》していました。

ああやっぱり。変な音を出したせいで引かれてしまいました――彼女は落胆《らくたん》しました。

そう思っていました。

「――あれ？　お前、こんなとこで何してんの？」

しかしそもそも彼女の言葉、もとい音など彼の耳には一切届いていませんでした。

「学校じゃ大人しいのに、今日は上機嫌じゃん」

少年の目の前には、似たような背丈《せたけ》の男の子が三人ほど。

「あ、う……」

先ほどまでの少年の活気が唐突《とうとつ》に消失しました。まるで人が変わったかのように、少年は黙《だま》り込んでしまいます。

いつも快活《かいかつ》に傘さんに話しかけていた面影《おもかげ》はどこにもありません。

「え、何お前その傘！　オヤジくせえー！　自分の傘持ってねえの？」

「あ、う……えっと……」少年は両手をぎゅっと握《にぎ》り締めて、傘さんを見上げます。

「えへへ、お父さんに、借りてて……」

「あ、そーなんだ」

少年を取り囲む彼らも悪気があって言っているわけではないのでしょう。ただ正直すぎるだけなのです。配慮というものが、その子どもらにはありません。

「でもお前の親父、すっげー変な傘持ってんだね」「だっせー」「古くせー」

好き放題に言ってくれますが、これも決して悪意によるものではないのです。

分かってはいました。

子どもとはそういうもの。

けれど拾った傘である彼女を大事に抱えてくれている少年をあざ笑う子どもたちに、彼女は憤《いきどお》りを感じていました。

邪魔《じゃま》をしないで欲しかったのです。

せっかく毎日が楽しくなってきたのに。

『ダサいですって？　古臭いですって？　馬鹿《ばか》にしないで頂戴《ちょうだい》！　わたしはセレブな傘よ！』

失礼しちゃうわね！　と彼女は大声で怒りました。恐らくその声は、やはりイレイナさまにそう聞こえたように犬の鳴き声として彼らの耳には届いたことでしょう。

当然ながらそれは普通の傘ではありえないことです。

「う、うわあああ！」「何その傘！　怖《こわ》い！」「化物《ばけもの》だ！　化物だ！」

子どもたちは口々に騒ぎ、そして少年から呪《のろ》いの傘を取り上げて、路上に投げ捨ててしまいました。

「あっ――」

少年は投げ捨てられた傘さんに手を伸ばしました。

「ほら！　お前、行くぞ！　そんな傘危《あぶ》ないって！」

しかし子どもたちの一人が、反対側から彼の手を取り、走り出してしまいました。怖がっているようで楽しんでいる雰囲気の子どもたちは、それから少年を引き連れてそのまま街の向こうまで走り去ってしまいました。

広げられたまま路上に放置された傘さんを、そのあと、親切な通行人の一人が箱の中に差していきました。

傘さんはいずれ少年が拾い上げてくれるように願い、誰かに拾われようとする度に、唸《うな》り声をあげて拒《こば》みました。

彼女は少年を待ち続けました。

そして昨日《きのう》のことです。

傘さんは見てしまいました。

少年が、子どもたちと一緒に歩いているところを。

『…………』

少年はまだ十歳。

多感な時期です。

きっと手を引かれて走り出したあとに、意気投合《いきとうごう》でもしたのでしょう。

少年は楽しそうに歩いていました。いつも傘の下にあった笑顔が、とても遠く感じました。

けれど。

会話の最中、ふと視線をこちらに向けた少年と目が合いました。「…………」

「――あ」

少年が再び彼女を拾うことはありませんでした。彼にとって、きっと傘さんはもう呪われた代物
そのものだったのでしょう。

彼女はその瞬間に悟《さと》ったのです。

自らがまた捨てられてしまったのだと。

『くぅーん……くぅーん……』

そこから先はわたくしたちが知る通り。

傘さんは路上で鳴き、そしてイレイナさまに拾われることとなります。

『分かっているの――わたしのような古い物が人に愛されようだなんて……』

長々と思い出話を語った傘さんは、再び泣き出しました。

ああイレイナさまがまた怒ってしま――。

「すぴー」

イレイナさま寝てますね。じゃあ別にいいですね。

すっかりしょげてしまった傘さんをわたくしは宥《なだ》めました。「あの、元気出してください傘さん――」

『どうかわたしをこのまま壊して捨ててください……。もうわたし、生きるのが辛《つら》――』

「まあ！」何てことを言うのですか！　わたくしはびっくり仰天《ぎょうてん》しました。

破壊とは、物である我々にとっては死を意味します。「そこまで思いつめるほど辛いのですか……？」

『大事な人に捨てられる苦しみ……あなたも分かるでしょう？』

「いえすみません。わたくし捨てられた経験がないもので」

『うわーん！』

傘さんは再び泣き出してしまいました。もはや天井《てんじょう》に穴が開いたのではと思えるほど、床は水に濡れてしまっております。

ああ、どうすればいいのでしょう。

わたくしは泣きじゃくる幼子《おさなご》を前にした大人のように、おろおろとその場でただただできあがりつつある水たまりを見つめるばかり。成《な》す術《すべ》もありません。

『お嬢ちゃん……分かるぜその苦しみ』

そんなとき唐突《とうとつ》に会話に割って入ってきたのは床の木目《もくめ》さん。『昔のことを思い出すぜ……俺《おれ》も若ぇ頃は嬢ちゃんみたいに、自分を使ってくれる人間に対して夢と希望を持っていたもんだなァ……。その涙、染みるぜ……』二つの意味でな――と床の木目の旦那《だんな》は言いました。表情は分かりませんが多分したり顔を浮かべております。ちょっと気持ち悪い台詞にわたくしは少し引きました。

『うわあ』

一瞬で傘さんの涙が引きました。悩みには共感が効果的といいますが、これはちょっと効果覿面《てきめん》すぎますね。

しかしそれはそれとして、自ら命を絶ちたいと言っている傘さんに対してわたくしはお説教《せっきょう》がしたい気分でした。

「傘さん、どうか心を落ち着けてくださいませ。命を投げ出すなんて、物が簡単に言っていいことではありませんよ」

『うるさいわね！　そんなこと言ってあなたは毎日大事に使われているんでしょう？』

「ふふふ」

『うわーん！　もうやだぁ！』

壊れてやるー！　と傘さんは叫びました。

『さっきからうるせぇよ！』そんな傘さんにガタガタと揺《ゆ》れながら反応を返した物がありました。窓さんでした。『てめぇはよぉ、捨てられたことを根に持って愚痴《ぐち》こぼしてるようだけどよぉ、俺は捨てられた経験はおろか、それを伝える相手すらいないんだぜ？　なぜだか分かるか？』

窓だからでしょう。

『窓だからだよ！』

ですよね。

『お馬鹿！』そして窓さんに共鳴するように跳ねたのはベッドさん。『わたくしなんて毎日毎日客をとっかえひっかえしてるのよ！　いくら心を尽《つ》くしても、客たちはわたくしに一切振り向いてくれない。いつだってわたくしは一夜限りの関係。お客を温めるのにわたくしの心は冷え込むばかり。どうしてだか分かる？』

それはベッドだからでしょう。

『わたくしが重い女だからよ……！』

わたくしはイレイナさまが椅子《いす》に腰《こし》かけたまま寝ていて本当によかったなと思いました。

『まあともかくだな、総括《そうかつ》すると、あんたにはまだチャンスがあるということだ』これまでの話を勝手にまとめるのは、お部屋の扉《とびら》さん。『あんたは傘で、いつでもここから飛び出せる。あんたを持ち運べる物がそこにいるんだからな』

あれ？　ひょっとしてわたくしが協力することで既に話が進んでいます？

『で、でも……少年がどこにいるのかなんて……わたし、分かりませんわ……』沈む傘さん。

部屋の扉さんは、そんな彼女をドアノブで笑いました。

『ハッ。おいおい、この国に一体どれだけの物がいると思ってるんだ？』そして彼は言います。『既に俺の仲間にあんたの相棒《あいぼう》を探させてる』

『扉さん……！』

いいえ、扉だけではありません。

この場にいる物たちすべてが、彼女の背中を押していました。身動きがとれないゆえに何度もはがゆい思いを経験し続けて来た物たちだからこその団結力とでもいうのでしょうか。彼らは一様に、

『会いに行けよ……！』とノリノリで彼女を煽《あお》ります。

「……まあ、そうですね」そして不肖《ふしょう》わたくしもまた、その場のノリに乗っかる一人でした。

「きっと少年に会うことができれば、また彼の持ち物になることはできると思いますよ」

『……どうしてそう言い切れるのよ』

正直に申し上げると、確証がありました。

わたくしは、いつもイレイナさまがその場のノリで良い感じの台詞を吐く時のように、たっぷり間《ま》をおいてから、傘さんに笑いかけます。

曰く。

「なぜなら少年は多感な時期だからです」

●

少年の中にも後悔《こうかい》があったのでしょう。

彼は雨の中を一人歩いていました。雨に濡れることも厭《いと》わず、傘を差す人々とすれ違いながら、ひとつひとつの傘を窺《うかが》いながら歩いていました。

これは街の物たちの話です。

『その子ならすぐに見つかると思うよ』

少年の特徴を伝えながら聞いて回ると、街の物たちはその少年の行方《ゆくえ》をすぐに教えてくれました。

『その子、昼頃からずっと街を歩いて探し回ってるんだ』『何度も何度もこの通りの前を通っているよ』『きっともうすぐ来るはずさ』

だからわたくしは傘さんを差したまま、大通りで少年を待ちました。

彼が来たのは、ほどなくしてから。

「………………」

ずっと探しまわったせいで疲れが溜《た》まっているのか、それとも既に希望を失っているのか、少年の瞳《ひとみ》は暗く暗く澱《よど》んでいました。

雨に濡れた身体を引きずるように、重い足取りでとぼとぼと彼は歩きます。

大丈夫《だいじょうぶ》でしょうか。

「風邪《かぜ》をひきますよ」

こんなときに傘も差さずに歩き回るなんて。とわたくしは少年に笑いかけながら、傘の下に入れました。

元の持ち主である少年に寄り添うように、傘さんは傾き、少年を雨から守ります。

「お姉さん、それ、どこで――」

「小さい頃に見える世界は狭《せま》いものですよね」

戸惑う少年の言葉を遮《さえぎ》りながらわたくしは言います。「周りの子たちに一言言われただけで価値観が揺らいでしまう。一言言われただけで自分自身のすべてが駄目《だめ》だと思えてしまう」

それこそまるで傘に遮られたように、視界にはほんの一部しか映りません。本当は傘の向こうにも景色はたくさん広がっているのに。

「……お姉さん、どなた？」

「ふふふ。どなたでしょう」わたくしが何者であるかはこの際どうでもよいのです。「さしずめ物の妖精《ようせい》とでも言っておきましょうか」

「物の妖精……」傘さんとわたくしを交互《こうご》に見つめたのちに彼は、「そう、なんですね」と戸惑い交じりの反応を見せました。そのあとで「……うさんくさい」と小さくこぼしてもおりました。わたくしにはちゃんと聞こえていましたよ。

……物の妖精という言葉はあながち間違いでもないのですけれども。

まあいいです。

「見た目ってそんなに大事でしょうか」

わたくしは迷える少年に言いました。

「目の前の人に気に入られることがそんなに大事なのですか」

たとえば少年には声を聴くことも話をすることもできない物たちが彼のことをよく理解しているように、決して関わり合いを持たずとも人は他人をよく見ているものなのです。

「…………」

沈黙する少年。

わたくしはなおも彼に語り掛けます。

「目の前ばかりを気にする生き方をすると疲れますよ」

あるいはこう言うべきでしょうか。「本当に大事な人を、ちゃんと見てあげてください」

「…………」

厳密《げんみつ》に言えば傘さんは人間ではありませんけれども。

『くぅん……』

などとあざとく彼の手の中で鳴いてみせる奇妙《きみょう》な傘さんにきちんと愛情を注いであげられるのは、きっとこの少年くらいなものでしょう。

「その子、大事にしてあげてくださいね」

一体どれだけ傘さんが彼を大事に想っていたか。

置いて行かれてどれほど不安だったか。

口にせずとも、どうか分かっていただきたいものです。

「…………」

それから少年は、両手で握り締めた古い傘の柄を見つめてから。

傘を上げました。

「うん」

そして彼は頷きました。

広く開けた視界のなかで。

◯

「イレイナさまが寝ているあいだにそういうことがありまして。そういう理由で傘さんは元の少年のところにお帰りになったというわけでございます」

「寝てないです」

いつの間にやら部屋から消えていたほうきさんが戻ると、彼女の髪《かみ》は濡れていて、私はタオルを手渡しつつ彼女に「どこに行っていたのですか」と尋ねました。

そうした際の返答がそのようなものであったため、私は合点《がてん》がいき、なるほどと頷くに至りました。

「目を覚ましたときに床がべちゃべちゃになっていたので何事かと思いましたが、そういう事情でしたか」

「ええ？　寝てたのですかイレイナさま」

「寝てないです」

意地でも認めない私でした。お話の最中に眠る失礼な魔女とは一体誰でしょう？　いやはや私にはさっぱり見当もつきませんね。

「最近お疲れのようですね」

タオルで髪を拭いながらほうきさんは心配そうに眉《まゆ》を下げます。ご自分の体調を心配してみてはと思わなくもありませんけれども。

しかし無用な心配をかけてしまいましたね。

「近頃ちょっと色々とありましたからね、警戒《けいかい》してなかなか眠れなかったんですよ」

ふわあ、と私はあくびをしながら言いました。

「しかし話を聞く限り随分《ずいぶん》と変わり者の少年のようですね」

「犬の鳴き声が出る傘の持ち主ですから。ある意味では傘さんは少年にはふさわしいのかもしれません。傘さんには彼が必要であったのと同じく、きっと彼にも傘さんが必要不可欠であったのでしょう」

「まあそれもありますけれども、初対面のほうきさんから急に傘を渡されてよく戸惑わなかったですね。変質者《へんしつしゃ》と間違えられても文句言えないですよ」

「…………」

「あなたが無事に帰って来られて安堵しました」

「イレイナさま……！」

わたくしの身を案じていただけるなんて……！　ありがたきお言葉です！　と彼女はたいそう喜んでおりましたけれども。

いえいえそういう意味ではなく。

「あなたがいなければ私が旅をできなくなってしまいます、という意味ですよ」

○

その翌日に私は国を出ることにしました、が。

「また雨……」

見上げればぽつぽつと雨粒が降り注いでいます。滞在の最後にと喫茶店に入ったときには降っていなかったのですけれども、どうやら私が店内でコーヒーを嗜《たしな》んでいる間にまたしても天気が崩《くず》れてしまったようです。

雨の中の旅はあまり好きではないのですけれども。

「た、頼む……！　待ってくれ！　僕を捨てないで！」

お店の前でぼうっとしていると、顔立ちの整った男性が路上で叫び声をあげているのが見えました。上等な服は濡れ、恐らく整っていたであろう髪型がべたべたに崩れておりました。それでも構わず男性は女性の脚《あし》にしがみつきます。

「うるさいわね！　今まで散々浮気《さんざんうわき》しまくってるくせにどの面下《つらさ》げて言ってんのよクソ男が！」

そんな彼を容赦なく踏みつけるのは若い女性。

「君だけが本命なんだよ！　信じ――」

「くたばれ！」

男性の言葉を遮り踏みつけたのは、別の女性でした。よく見れば彼の周りには色とりどりの傘が並んでおり、そしてさまざまな女性が彼の無残《むざん》な姿を見下ろしていました。

「私だけが好きって言ったのに……」「ぶっ殺す」「ひどいよ……」「八股《はちまた》ってどういうこと？」「ゴミが」

雨の中で絶え間なく浴びせられる罵声《ばせい》。容赦というものがありませんでした。

状況から察《さっ》するに、色々な女性に甘い言葉でもかけていたのでしょう。

「お姉さん、こんなところで何してるの？　待ち合わせ？」

たとえばこんな風に、雨宿りをしている女性に声を掛けたりしていたのでしょうか。

「まあ、そんなところです。ちょっと友人がお礼回りの最中でして——」と私は声がしたほうに顔を向けます。

十歳程度の少年が傘を傾け、こちらを見上げていました。

「お礼回り？」

聞き馴染《なじ》みがないのでしょうか。少年は不思議そうに首をかしげます。

「お世話になった人に挨拶《あいさつ》に行っているんです。この国で色んな人に手伝ってもらったことがあるとかで」

「そうなんだ！」少年は澱んだ雨空には不似合《ふにあ》いなほどに明るい顔で笑顔を咲かせます。「大事な人に感謝の言葉を伝えるのはいいことだよね」

「そうですね」

「ところでお姉さん、傘、ないの？」

「ええ、まあ、ありませんけど」

「そうなんだ！　ところで僕が持ってる傘、どうかな」

少年はずい、と私に傘を見せつけてきます。

それはとてもとても古ぼけていて、それでいて、『わんわん！』とまるで犬の鳴き声のような音を鳴らす不思議な傘でした。

実に面白い傘といえるのではないでしょうか。

「よく似合ってますよ」

「えへへ。やっぱりそうだよね！　ありがと！」

その言葉を待っていたかのように、彼は再び嬉《うれ》しそうに笑うと、「じゃ！」とそのまま傘を大事に差したまま歩き出してしまいました。

「…………」

よければ入れてあげようか？

いえいえ結構。見ず知らずの女性にそんなことを言って回っているとああいう風になりますよ。

わあ何アレ。

たぶんクソ男というものではないでしょうか。ああなりたくなければ、やたらに女性を口説《くど》くような真似はよしましょうね。

……というような。

会話が交わされるのだろうと私は予測していたのですけど。

普通に帰られてしまいました。雨宿りするなか、突然現れた見ず知らずの少年に傘だけ自慢《じまん》されて去られてしまいました。

「――お待たせしましたイレイナさま。色々な物に挨拶して回っていたら思った以上に時間が……」

と後方から声がひとつ。ほうきさんでした。

「……イレイナさま？　どうかなさったのですか？」

私の視線を追いかけるように彼女は道の向こうを見つめます。

色とりどりの、たくさんの傘が行き交う大通り。

似た色、形の傘はあれど、まったく同じ物が一つとない傘の群れです。

私はその中の一つを見つめながら言いました。

「変わり者の少年に会いました」と。

古びた傘を差した少年の姿は、やがて人ごみの中に紛《まぎ》れて見えなくなりました。

「……ああ、なるほど。イレイナさま、会ったのですね」

ほうきさんは私と同じ場所を見つめつつ、納得がいったように頷きました。

そして彼女は柔らかく笑いながら、言います。

「しかしイレイナさま、あれは変わり者ではなくクソ男というものかと存じます」

「そっちじゃないです」

第四章

勝てない少女の奮闘記

「今日こそ決着をつけようじゃないか我《わ》がライバルよ！」

というわけでいざ決闘。

……する前にまず私がどこの誰で何をしているのか説明せねばならないだろう。

私の名はクレチル。

国はずれの草原にて、ダークブルーの髪《かみ》をなびかせながら高らかに声を上げる魔法使いである。歳《とし》は十七。顔は可愛《かわい》い。魔法の腕前もそれなり。そして顔が可愛い。

学業成績は常にトップクラス。魔法の名門高校であっても私と肩《かた》を並べられるほどの成績を収めている者など一人しかいない。なんと完璧なのだろう。

文武両道才色兼備《ぶんぶりょうどうさいしょくけんび》とは私のためにあった言葉といっても過言《かごん》ではない。むしろ私が語源《ごげん》であると主張したいくらいである。

これだけ説明すれば、私がどのような人間であるのかを理解するのは、四本の脚《あし》で立ったばかりの子鹿《こじか》であっても容易《たやす》いだろう。

そしてこの私にはライバルと呼べる者が一人いる。

「え？　決着……？　きょうってピクニックの予定じゃなかったん？」

THE JOURNEY OF ELAINA

平原に敷物《しきもの》を広げながら首をかしげるのは我がライバル。こんな状況でピクニックとは！　文武両道才色兼備のこの私が敵と認めるだけのことはある。

学業成績においても、魔法の技術の面においても、同年代の中でこのナドナだけが私と肩を並べるほどの実力を持っている。

実力は拮抗《きっこう》しているといっても過言ではない。

しかし拮抗しているからには白黒つけたいものではないだろうか。

ゆえに私は今日、国外れの草原にナドナを呼びつけたのだ。

どちらが魔法使いとして上であるのかを決める時が来たのだ。

当然ながら仲良くピクニックなどとしゃれ込むためではない。

「戦うために呼び出したに決まっているだろうがこの愚《おろ》か者め！」

「えー？　そうなん？　久々《ひさびさ》にクレチルちゃんからのお呼び出しだったから私てっきりピクニックかと思ったよー」

「違う。バトルだ」

「えー。いい天気なのに魔法で戦うのー？　ピクニックのほうが楽しいよ」

「いいやバトルする」

「もしかしてこの前のテストでも二位だったこと気にしてるん？」

「うるさい」

「ていうか私、戦うなんて聞いてなかったから、今日は杖《つえ》もってきとらんよー？」

「は？」何だと？

「いや、だって、戦う気なかったし。だからやりたくても無理よ」

………。

はー？

私が憤慨《ふんがい》したのも言うまでもないだろう。

「貴様《きさま》いったい何しに来たというのだ！」

「いやだからピクニックだけど……」

そんなに怒《おこ》らないでよお、とナドナはへらへらと笑いながらバッグからバゲットを取り出す。その様子からは、もはや完全に食事する気しか感じられない。

「まあ、杖貸してくれるなら、やってもいいよ、決闘」

まるで駄々《だだ》をこねる子どもをあやすように仕方《しかた》なく彼女は腰《こし》を上げる。ナドナは私との決闘を食事前の軽い運動とでも捉《とら》えているのだろうか。

舐《な》めたことを言ってくれるじゃないか。

私は笑った。

「ははは！　ナドナ、言っておくが、借り物の杖だから負けたなどと後になって文句《もんく》を言うなよ？」

「おっけーおっけー。大丈夫《だいじょうぶ》だよー」

ひらひら手を振り、へらへら笑う我がライバル。

どうやらこの娘には自分の立場というものを分からせてやる必要があるようだ。

「言っておくが今日の私はいつもと違うぞナドナ。くくく。私はお前が泣いてしまわないか心配だよ」

「えーマジ？　怖《こわ》いなぁ。お手柔《てやわ》らかにねー？」

終始《しゅうし》ふわふわとした雰囲気《ふんいき》で私に応答して見せるナドナ。余裕《よゆう》な顔をしていられるのも今のうちである。

こうして私とナドナは決闘した。

これは通算四十二回目の決闘であった。

○

「そういう事情で私は現在、師匠《ししょう》と呼べる人間を探して街を徘徊《はいかい》している。そんな折にあなたを見つけたのだ。これは運命だ。三日間だけでいいから私の師匠になって欲しい」

その少女が私の前にやって来たのは、私が国の門を通った直後のことです。

余談《よだん》ではありますが、国の事情に無知な旅人に狙《ねら》いを定めて無茶な商売を吹っ掛けてくる人が稀《まれ》におります。

そのため入国直後に声を掛けてくる人間には、私はそれなりに警戒《けいかい》をしているのですけれども。

「なるほど」

目の前に唐突《とうとつ》に現れて、自らをクレチルなどと呑気《のんき》に自己紹介してきた彼女に、私は興味を抱いていました。興味を抱いたうえで、彼女が勝手に語る身の上話に耳を傾《かたむ》けるに至ったのです。

曰《いわ》く彼女にはライバルがおられるようで。

まあ要するに彼女の話をまとめると、

「ボロ負けしたから仕返しがしたい、と。そういうわけですか」

ということなのでしょう。

私の前に立つクレチルさんの服装は、泥《どろ》まみれ汚《よご》れまみれ。晴れた空の下なのに、その身なりはまるで泥たまりに頭から突っ込んだように全身くまなく汚れていました。

そんな格好《かっこう》をしていながら師匠になって欲しいなどと提案するのですから、決闘とやらの結果は推《お》して知るべしでしょう。

「ふふふ。この洞察力《どうさつりょく》はさすがというたところだな」

「見たままの感想を言ったまでですが」

「いや、違うよ魔女殿。洞察力の優れた魔女を師匠に迎えた自分自身を褒《ほ》めているのです」

「…………」

「さすがは私だ……。文武両道容姿端麗《ようしたんれい》才色兼備の塊《かたまり》と呼ばれるだけのことはあるというものだ」

ナルシズムの塊の間違いでは？

言葉の端々《はしばし》から「私ってすごいでしょ？」と言いたげな空気が漏《も》れていました。このクレチルという少女は、どうやら全身くまなく自尊心《じそんしん》で覆《おお》われた自己評価が異常に過大な少女であるようです。

私は何だか、かつての自分自身を見ているようで恥《は》ずかしくなりました。

「しかしライバルに一方的に負けておいて文武両道とはいかがなものかと思いますが」

「むっ。人聞きが悪いぞ魔女殿。私は一方的に負けてなどいない」

「そうなんですか？」

「今回はどちらかというと惜敗《せきはい》だった。ちょっといまいちテンションが上がらなかったから今回はたまたま勝てなかっただけだしそういえば今日は朝から何も食べてなかったからお腹《なか》が減ってたことも原因の一つだし、あと家の鍵《かぎ》を閉めたかどうかが気になっていまいち勝負に集中できなかったことも今回の勝敗には大きくかかわっている。統括《とうかつ》すると今回負けたのはたまたまだということだ。決して私が弱いわけじゃない。分かったか魔女殿」

「すごい早口」

「ともかく今回はたまたま調子が悪かっただけなのですよ魔女殿。普段の私であればこんな醜態《しゅうたい》は晒《さら》さないのです」

「そうなのですか」ああそういえば。「ところでライバルさんとの勝負の戦歴《せんれき》はいかほどなのです？」

通算四十二回目の決闘などと言っていましたし、まあ今回は負けたのでしょうけれども、どれほどの割合で勝利しているのですか？

「そうですね、まあ控《ひか》え目に言って四十二戦四十二敗といったところですね」

「あなたは控え目という言葉の意味をご存じでないのですか」

清々《すがすが》しいほどに全敗じゃないですか。

「しかし四十三回目の決闘では有終《ゆうしゅう》の美《び》を飾りたいと思っているのですよ、魔女殿」

「はあ……」

それでわざわざ魔女を探していたわけですか。

というより今まで散々《さんざん》負け通しておいてよく天才面《てんさいづら》できますねこの子。

「おっと魔女殿。今、『今まで散々負け通しておいてよく天才面できますね』って思いましたね？」

「凄《すご》いですね。一言一句違《たが》わずまったくそのままのことを考えていました」

「なぜだか分かりますか？」

「面《つら》の皮《かわ》が厚《あつ》いからでしょうか」

「私も負ける度《たび》に同じことを想っているからですよ！」

「分厚い面の皮の下では泣いていたんですね……」

まあ彼女とて自ら天才などと本気で思っているわけではないのでしょう。自らを褒《ほ》め称《たた》えるような言動は、だいたい八割がたは冗談《じょうだん》での発言であったりするものです。

そういった正気とは思えない言動をしがちな人間を、私はよく知っています。

それは一体どなたでしょう？

そう、私です。

「しかし勝敗にこだわりすぎるのもいかがなものかと思います。子どもじゃないんですから」

「野暮《やぼ》なことを言わないでください。魔女殿は勝負の世界に生きる者たちを愚弄《ぐろう》するのですか」

「あなたにとってライバルさんとの戦いは、勝負の世界と同義と思えるほどの一大事なんですか」

「無論です！」いっそう声を張り上げる彼女。「そして勝負の世界にいれば負けることは珍《めずら》しいことではありません。どんな天才であろうと失敗や敗北は経験するものです」

「……まあそうですね」

私は素直《すなお》に頷《うなず》きました。一理あります。

「失敗したときにどのような分析ができるかが、天才と凡人《ぼんじん》の分かれ目なのだと思うのですよ、魔女殿」

ふむふむ。

「それで天才のあなたはどんな結論に至ったのです？」

私が尋《たず》ねると、彼女は一つ間《ま》を置いたのちに、澄《す》んだ瞳《ひとみ》で私を見つめながら、言いました。

「やはりここは別の天才に意見を伺《うかが》うべきであるな、と」

「ほほーう？」

ええっ？　天才、ですか？　おやおや？　それは一体どなたのことで？

「私のライバルも私に引けをとらないほどの天才だ。やはり天才を相手取るためには一人でも多くの天才の意見を伺ったほうがいいに決まっているのです。魔女殿」

「なるほど、しかし私が天才であるとよく見抜きましたね」

「実はあなたのことは入国審査を受けている最中からずっと観察していましたが、その自信に満ちた顔つき、立ち振る舞い、そしてそれらの自信を裏付ける星をかたどったブローチ。推し量るに相当に若くして魔女になった天才魔法使いでしょう」

「あらららららら」

「どうですか魔女殿。当たっていますか」

「どうやらあなたの洞察力は確かなもののようですね……」

「ふふふ。そうでしょう。というわけで三日間、魔女殿に色々な物事を教わりたい。いかがですか」

「え？　魔法を教わるのでは？」

「魔女殿。ナドナを知るために私は天才のすべてを知りたいと思っています。というわけで魔法に限らず生活習慣や趣味や特技なども見せてください。天才を知ることで私は少しでも強くなりたいのですよ魔女殿」

「なるほど。貪欲《どんよく》ですね」

「野暮なことを言わないでいただきたい。ただ私は知識と技術のすべてに渇望《かつぼう》しているだけのこと」

ふふふ、と彼女は不敵《ふてき》な笑みを浮かべます。

「私は悔《くや》しいのです、魔女殿。我がライバルは私に借りた杖で勝ったうえに、『まあ今日はまぐれで勝っちゃったんよ』などと寝言をぬかしたのだ。それはまるで敵に塩を送られるが如《ごと》き屈辱《くつじょく》。私はどうしても彼女を見返したい」

「負けた相手に気を配れるなんていい子ですねその子」

「あるいは私が年甲斐《としがい》もなく泣き出したから遠慮《えんりょ》したのやもしれません」

「泣いたんですかあなた」

「さすがに四十二回も連続で負ければ心が折れるというものではないでしょうか」

「まあ気持ちは分かりますけれども……」

「ともかく私は天才を深く知りたいのです。だから魔女殿、あなたの行動を逐一《ちくいち》記録させて欲しい」

まあ要は三日間付きっ切りで魔法を教えるわけではなく、あくまで話し相手として普段の姿を見せつつ、暇《ひま》があれば魔法を教えて欲しい、と。そういうスタンスのようです。

私には負担が殆《ほとん》どない好条件といえます。

彼女の要請を受けるかどうかは着手金次第ともいえますね。

「ちなみに言い忘れていたが魔女殿。私は文武両道容姿端麗才色兼備錦衣玉食《きんいぎょくしょく》の塊と言われて名高いため、金ならたんまりありますよ」

「分かりましたやります」

二つ返事で私は彼女の提案を受け入れるに至りました。

「さて魔女殿。そうと決まれば私のことは気にせずまずは国に入ったあとにすることをいつも通り見せていただけないだろうか」

「いつも通り、ですか……」

決して普段から考えながら行動しているわけではないので、こういう時は対処に困《こま》ってしまいますね。普段の私ならば一体どうするでしょうか？　人は自然体であることを意識した瞬間に自然体でなくなる気がするのです。

私は少しだけ考えたのちに、

「とりあえず喫茶店《きっさてん》にでも入りますか」

と、この場においての最善の策として、特に考えもなく近場のお店を指差します。

「よければ奢《おご》りますよ。朝食はお済《す》みですか？」

「いや結構！」

「おやもう済ましていましたか」

「実は先ほどサンドウィッチをたんまりいただいたばかりでして」

「あなた負けた相手に慰《なぐさ》められたうえに施《ほどこ》しまで受けたんですか」

「おいしかったです」

「よかったですね……」

●

「今日こそ決着をつけようじゃないか我がライバルよ！」

第四十二回の惜敗から四日後のことである。

四日前とまったく同じ台詞《せりふ》を意気揚々《いきようよう》と叫ぶ魔法使いがいた。まず私が何者であるのかを改めて説明しなければならないだろう。

「えー……またやるのぉ……？」

「野暮なことを言うなよ我がライバルよ。ライバルなのだから戦うのは当然だろう」

やる気のない我がライバルことナドナを前に胸を張る私の名はクレチル。

それはダークブルーの髪をなびかせながら高らかに声を上げた魔法使いである。歳は十七。顔は可愛い。魔法の腕前もそれなり。自信に満ちた顔立ちをしており、何といってもやっぱり顔が可愛い。

もう一度言おう。

私の名はクレチル。

それはいずれ魔法使い界隈《かいわい》に名を轟《とどろ》かせるであろう魔法使いの名前であり。

「そして貴様を今度こそ徹底的に叩《たた》きのめす女の名前だああああああああああああっ！」

ばたーん！　と私は彼女に挑戦状をたたきつける。

魔女イレイナ氏を三日間観察したことで得た知識と技術を武器に、私は通算四十三回目の勝負に挑む。準備は万端《ばんたん》である。

「こんなところで勝負……？」

怪訝《けげん》な顔をする我がライバル。

いつもであれば私は国外れの草原に呼び出していたことだろうが、今回は違う。

近所の喫茶店である。

「ふふふ。気がついていないようだな我がライバル。私が今日この場にお前を呼び出したその瞬間から既《すで》に勝負が始まっているということに！」

「要は決闘と称したお出かけってこと？　お友達と一緒にこういうお店に来るのって初めてかもー」

ぴたりと合わせた両手を頰《ほお》に添えて、えへへと笑うナドナ。私たちの前に、馬鹿《ばか》でかいパフェが置かれたのはちょうどその直後のことであった。

私の言葉の通り、勝負はこの瞬間から既に始まっている。

魔女殿と共に過ごしたことで私は多くのことを学んだのである。

私は三日間の間に魔女イレイナ殿に多くの場所に連れていかれた。それは書店であったり、普通の喫茶店であったり、あるいはその辺の公園であったり。

魔女イレイナ殿は自由であった。何にも縛《しば》られず、流れる時間に身を任せながら生きるさまは羨《うらや》ましくさえあった。

「クレチルさん。あなた、私を見て自由そうで羨ましいなー、と思っているでしょう」

ある日イレイナ殿はそんな私を見透《みす》かしたように語り始める。私はこれから為になる話が始まる気配を敏感《びんかん》に察知《さっち》し、メモ帳を開いた。

イレイナ殿曰く、旅人が自由そうに見えるのは間違いだという。

「特定の国に住まず、学校や仕事などの決まった枠《わく》にはまらない生き方はきっと枠の中にいるあなたからは輝いて見えることでしょう。けれど現実は違います。自由に見える旅人にも当然のように悩みがあります」

たとえばどんなことに悩んでいるのですかと私が尋ねると、彼女はそうですねー、とコーヒーカップを両手で持ったまま宙を眺《なが》め、

「将来への不安だとか、老後の生活資金のことだとか、そんなところですかね」

「それくらいのことなら私も悩んでいますが」

「そうですね。ですからあなたたちとまったく違わないということですね」

「…………」

いまいち理解が及《およ》ばない私に対して、彼女はかみ砕《くだ》いてくれた。

「魔女も旅人も別に特別な人間であるわけではないということですよ」

普通に悩みますし、普通に考えていきます。と彼女は言葉を紡《つむ》ぐ。

そして、そのうえで彼女は、勝負に勝てない私にアドバイスを一つくれたのだ。

「立場が変わっても人は人のままです。悩みのない人間はいません」

自称《じしょう》完璧のあなたにもライバルに勝てないという悩みがあるように――と、魔女イレイナ殿は語った。

そこで私は気づいた。

「つまりナドナにも弱点があるということでは……？」

「そうですねー。あるかもしれないですね」

ほう、とコーヒーに一息つきながら言う魔女殿。それから彼女はついでに一言、「まあ、見ず知らずの魔女のことを研究する前に、身近なライバルを研究するほうが手っ取り早いんじゃないかなとは思っていましたよ、最初から」

つまりである。

私に足りなかったのは、相手に対する理解であるという話である。

「今日は私の奢りだ。好きなだけ食べるのだ」

というわけで、今日は魔女イレイナ殿と共に過ごした数日間のように彼女をあちこち連れ回し、彼女の生態《せいたい》を研究することにした。

「おいしー！」

私の狙いも知らずパフェに顔を綻《ほころ》ばせる我がライバル。なるほど、どうやら甘いものが好きらしい。

そういえば前回の決闘のときに食べていたサンドウィッチもフルーツサンドが多かった気がする。

食事を済ませたあとはショッピングをした。

まず行ったお店は書店である。

「あ、私この本欲しかったんよー」

ナドナは最近出たばかりの推理小説を大事そうに抱えてカウンターに行った。その足取りは踊るように軽やかであった。

そういえばイレイナ殿と過ごした三日間の中でも書店に行ったことがあった。

レジの列に並びながらこちらを振り返り、「ちょっと待っててね」と手を振って見せるナドナに手を振り返しながら、私はイレイナ殿とのやり取りを思い出す。

「小説はいいですよね。これから数日間は寝る前にいい時間を過ごせそうです」

ふふふと推理小説を抱えながら笑うイレイナ殿。

そんな彼女に私はここぞとばかりに胸を張った。

「イレイナ殿。速読《そくどく》というものをご存じですか」

「ああ、まあ存在くらいは知っていますよ。本をぱらぱらとめくるだけで内容が理解できるようになることですよね」

その通り！　と私は店内で声をあげた。

「私は速読の申し子でしてね、今イレイナ殿が持っている本だったら、五分程度で読み終えることができますよ」自慢《じまん》である。

胸を張る私であったが、イレイナ殿はそんな私にため息をついた。

「自慢されても全然羨ましくないのですけど」

「そう遠慮しなくてもよいではないですか。よければ速読の方法、お教えしますよ」

「結構です」煙《けむ》たそうに彼女は手を振る。「私、読書は食事と同じように味わいながら楽しむものだと思っていますので」

「食事はただの栄養補給ですが」

「どうやらとことん相容《あいい》れない考えをお持ちのようですね」

「しかし速読をすれば限られた時間を有効活用できますよ」

「そうして作った時間でやっていることが速読の布教活動というのは皮肉《ひにく》な感じもしますけど」

ともかく結構です——と彼女はまったく理解を示さなかった。

なるほど、どうやら天才は誰もかれも同じように時間短縮を求める人間ばかりではないらしい。

これもまた勉強である。

ところで我がライバルはどうなのだろうか。

袋に入れた本を大事に抱えるナドナに尋ねると、彼女は首をかしげながら、当然のように答えた。

「え？　読むことを急いで何の得があるん？」

「なるほどお前もイレイナ殿と同じタイプの人間か」

「言っていることがよく分からんけど……」

こっちの話だから気にしないで、と私は手を振り、ナドナと共に店をあとにする。

それから何店舗か回り、私はナドナと共にたとえば服を見に行ったり、特に意味もなく街を歩いてみたり、やることもないからとりあえず広場のベンチに座ってみたり。

ちなみにこれらはすべてナドナの要望に答えた結果である。

「意味もなく街を歩くの好きなんよ」

彼女はイレイナ殿とまったく同じような台詞を並べながら、見慣れているはずの街並みを眩《まぶ》しそうに見渡した。

「こういうところでじっくりと時間を過ごすのも好きやわ」

そう言って座ったのが広場のベンチである。

ちなみにイレイナ殿も昨日《きのう》同じ場所に座っている。こいつイレイナ殿か？

「今日はありがと、誘ってくれて」私の隣《となり》に腰掛けるナドナは照《て》れ臭《くさ》そうにどこか遠くを見つめながら私に語る。「こういうことに誘ってくれる人、私の周りにはおらんから、嬉《うれ》しかった」

「天才のお前を誘わないとは周りの連中も見る目がないな」

「天才ね……」ため息をこぼすナドナ。普段へらへらとしているナドナにしては珍しく表情は曇《くも》っていた。「天才って言われてもあんまり嬉しくないな」

「なぜだ？」

「何でもできることが当たり前みたいに周りから思われるのって凄いプレッシャーなんよ。それにいつもへらへらしてるから、悩みなさそうだねってよく言われるし」そしてナドナが並べるのはいつか魔女殿が語った言葉。「本当は私もみんなと同じように悩んで生きてるのにね」

やっぱりこいつイレイナ殿か？

天才と呼ばれる人間は誰しも他人との違いに悩むものなのだろうか。新たな発見である。明日から私も他者との違いで頭を抱えることにしよう。

「ところで今日はどうして誘ってくれたん？」ナドナは首をかしげる。

悩みを打ち明けたせいか、ナドナの表情は幾分《いくぶん》か明るさを取り戻していた。

それはさておき。

どうして誘ったのかなどと聞かれてしまっても困るな。

「どうしてそんなことを聞くのだ？」私は質問を質問で返す。

ナドナは少し驚き慌《あわ》てた様子を見せてから、「あ、ごめんね？　私、さっきも言ったけど、友達、っていうのがいたことないから、よく分からんのやけど、これってそういうことなん？」と再び要領《ようりょう》の得ないことを口走る。

「……？」私も天才であるはずなのにこいつの言いたいことの意味がまるで分からない。こまった。

「えっ？　だって、ほら、いつもだったら変な決闘みたいなことさせられるやん。今日は結局出かけていろんなお店を回っただけだったし、戦わないんかなぁ、って思ったんやけど。つまり今日からは戦うライバルじゃなくてお友達――」

「いや今日はやらないなんて一言も言っていないが」

しゅた、と杖を出す私。

やらないなんて言ってないし。

「何なら今からやるつもりだったが」

何ならこれまでの流れのすべてがこの瞬間のためにあったといっても過言じゃない。

「…………」

みるみるうちに顔から表情がなくなってゆくナドナ。

これもイレイナ殿と立てた綿密《めんみつ》な作戦の賜物《たまもの》である。

私は昨日までこの国にいた彼女のことを再び思い出す――。

『お相手のライバルさんと決闘して勝ちたいのであれば、まず第一に相手を知ることはもちろんのことなのですけれども、それだけでなく、相手のペースを崩《くず》すことも重要です』

『というと？』

『相手が嫌《いや》がることをしてやるのです。たとえば丸一日連れまわしたあとに決闘を申し込むとか』

『それ意味があるのですか？』

『大ありですよ。夕方くらいのちょうど晩御飯時《ばんごはんどき》で、「あー家帰ったら何食べようかなー」と思っているタイミングで急に外せない用事が入ってきたら嫌でしょう？　大体そういうことをしてやればいいんです』

『あなた悪魔《あくま》ですか』

『ふふふ……勝つためだったら多少の汚《きたな》い手は使わなければ損《そん》というものですよ』

『なるほど……！』

というわけで。

今回は長々と彼女を連れまわした挙《あ》げ句《く》、決闘を申し出たのであった。

効果はてきめんであったに違いない。

「ああそう……」

はあー、と大きくため息をつくナドナ。まるで今日丸一日の出来事《できごと》すべてが否定されたかのような雰囲気すら纏《まと》っていた。「あの、今日も杖、持っとらんのやけど――」

「私の予備を貸すから」

「用意周到《しゅうとう》やね……」

「ふふふ。もっと褒めてくれてよいぞ」

「褒めた覚えはないけど……」

呆《あき》れながら私から杖を受け取るナドナ。

「今日こそは負けんぞ我がライバルよ！」

「はいはい……」

日中とはまるで別人のように気《け》だるそうに対応する我がライバル。このやる気の失いぶりで私は確信した。

イレイナ殿の助言通りであるならば。

間違いなく、今日は勝てる――。

そして私たちは再びいつものように国外れの草原まで行き。

再び互《たが》いに杖を向けて勝負が始まる。

「うおおおおおおおおお覚悟しろナドナああああああああああっ！」

一分後。

「うわあああああああああっ！　覚えてろよ貴様あああああああああっ！」

そこには泣きながら敗走する魔法使いがいたそうだ。

それが私でないことを祈るばかりである。

●

「……で、そのライバルさんに今回も勝てなかったから、今度は別の魔女の力を借りようと思った、というわけですか」

通算四十三回目の敗北を喫した日の翌日のことである。

国の門の前で新たな魔法使いの来訪を待ち伏せしていたところ、一人の魔女が我が国を訪れた。

それは炭《すみ》のように黒い髪を肩ほどに切り揃《そろ》えた若き魔女であった。

名をサヤというらしい。

入国と同時に話しかけて来た私に対し、彼女は嫌な顔一つせずに事情を聞いてくれた。それどころか「こんなところで立ち話もアレですから、そこでお話聞きますよ」と喫茶店まで手を引いてくれた。

そして私は昼食を摂りながら事情を話すに至ったのである。

私は四日ほど前にこの国に来たイレイナ殿がわりと面倒《めんどう》くさそうな顔をしながら私に応対していたことを思い出し、目の前のサヤ殿が天使に見えた。

「事情はよく分かりました。どうやらあなたは師匠に恵まれなかったようですね」

少し話を聞いただけでこの理解の速さである。「しかしその師匠の人、魔女の風上《かざかみ》にも置けない人ですね！　無責任ですよその魔女さん。三日間もあったのに何も教えないんですから！」

そして天使と名高いサヤ殿はこんな見ず知らずの私の身を案じ、私にわけの分からないことを吹き込んだ魔女に対して怒《いか》りを露《あら》わにしたのである。

しかしそこまで言われてしまうと罪悪感も感じるものである。なにしろ特に何も教えなくていいと頼んだのは他ならぬ私自身なのだから。

「私が野暮な頼み方をしたことにも問題があったのでその魔女殿が全部悪いというわけでは――」

「いいえ！」私の言葉を遮《さえぎ》るサヤ殿。「いいですかクレチルさん。師匠となったからには弟子の要望だけでなく弟子がやりたいこともちゃんと察してあげないとだめです！」

「そういうものなのですか」

「そういうものです！　実はぼくの師匠と呼ばれるひとも割と適当な人でして、いや修業時代ならよかったんですよ？　厳しく教えてくれましたから。でも魔女になった途端《とたん》、暇さえあればお金渡され、煙草《たばこ》を買いに行かされる日々。ひどいもんです」

キ

ぷんぷんと憤慨するサヤ殿。その怒りはどちらかというとイレイナ殿というより別の誰かに向けた怒りであるように思えた。

「まあとにかく人に物を教える立場になったからには相手の意図を汲《く》み取り、表面には出てこない本当の気持ち――本当の目的まで導いてあげなきゃならないんです！」

力説するサヤ殿。

なんと意識の高い人なのだろう。これはもう天使などという可愛らしい存在ではない。神である。

私は心の中で彼女を崇《あが》め奉《たてまつ》った。彼女の導きに寄り添えばきっとナドナに勝つことも容易いはずである。そう思わせてくれる説得力が彼女にはあった。

「まったくどこの誰ですか。そのテキトーな魔女っていうのは」

憤慨するサヤ殿。私は答えた。

「灰《はい》の魔女イレイナという方です」

「え？」

ぴたり。

サヤ殿が止まる。まるで時間が凍ったかのように彼女は硬直した。「いま何と？」硬直しているせいか言葉もどことなくカタコトであった。

「いえ、ですから、灰の魔女イレイナという方に指導を受けたのですが」

まあ散々な結果でしたね、と私は先ほどと変わらず肩をすくめた。

「……なるほど」こほん！　と咳《せき》ばらいをするサヤ殿。「いいですかクレチルさん。弟子というものは時として、自ら師の思惑《おもわく》を察しなければならないものです。師匠はあくまで教え導く立場。しかし弟子に学ぶ気がなければいくら師匠が道を整えたとて意味がないのです。分かります？」

「急にどうしたのですか」

「三日間もイレイナさんに学んだのにライバルに勝てないなんて！　イレイナさんが聞いたら泣いちゃいますよ！」唐突《とうとつ》にヒステリックに叫ぶサヤ殿。

「なんか急に情緒《じょうちょ》不安定になったなこのひと」

イレイナという名前は呪《のろ》いの呪文《じゅもん》か何かか？

「どうやらこれはぼくがイレイナさんの後を継いであなたを導く必要がありそうですね」

やれやれ仕方ないですねー、とため息をつくサヤ殿。

「ま、ぼくの手にかかればちょちょいのちょいですよ。任せてください」

そう言って彼女は、ぽん、と自らの胸を叩いた。

「あ、ありがとうございます……！」

気づけば先ほどまでの神が舞い戻っていた。いったい何だったのだ今のは。

「じゃあクレチルさん、相手との関係をもう少し詳しく教えてもらえますか？」

曰く、極めて優秀な社会人であるサヤ殿は本日この国には仕事で来ているらしく、滞在日数は三日程度であるらしい。多忙《たぼう》な彼女は三日以上は滞在できないようで、つまり私の修行に充《あ》てられる時間も三日程度であるとのことだ。奇《く》しくも前回私が教えを乞《こ》うた魔女イレイナ殿と同じ日数である。

「三日間とはいえ、ぼくはイレイナさんのように優しくはありませんからね！　覚悟しておいてください！」

断言《だんげん》するサヤ殿。

一生ついていきます。

「相手のナドナは私と並ぶほどの天才でして――」

私は彼女について知っていることをすべて彼女に開示した。奇しくもここでイレイナ殿の助言によって得た知識が役に立った。

前回の決闘の際にナドナと二人で出かけたおかげで彼女の趣味、嗜好《しこう》を私はある程度理解していたのだ。

ナドナ。

それは天才であり、孤高《ここう》であり、それでいて読書が好きで、甘いものが好きで、それから休日に友達と出かけたがっている少女である。

「ほほーう」ナドナと私の関係を聞いたとたんに妙な反応をするサヤ殿。

「ところでその前回の決闘前に出かけたお話、もうちょっと詳しくお聞かせ願えますか？」

なんか急に嬉しそうな顔になったなこのひと。

「えっと……」

私は覚えている限りのことをすべて話した。かくかくしかじかと。

「なるほどぉ」

途端に昼食のパスタを食べる手が早まるサヤ殿。まるでそれは私の話そのものを食事として取り込んでいるかのようである。しかし神がそんな下劣《げれつ》なことをするはずもない。恐らくお腹が減っているのだろう。多忙な魔女殿でもお腹は減るのである。むしろ多忙な魔女であるからこそ積極的な栄養補給が必要なのだろう。そうに違いない。

「なるほど事情はよーく分かりました！　三日もあれば相手のナドナさんなんてよゆーで攻略できますよ。ご安心ください」

「本当ですか！」

話を聞いただけでもう既に彼女の頭の中にはナドナの攻略法ができあがっているとでもいうのだろうか。やはりこれが本物の天才……！

「ぜひ指導をお願いします！」

そして私は深く頭を下げて、それからサヤ殿との特訓へと入ったのだった。

「ふふふ……イレイナさんに恩《おん》を売るいい機会というものですね……！」

ぼそりと呟《つぶや》くサヤ殿。顔は神というより悪魔のそれであった。

「なんか急に情緒不安定になるなこのひと……」

どうやら天才というものは常人には理解できない特別なものを持ち合わせているものらしい。

サヤ殿との修業の成果を発揮することになったのは、それから数日後のことである。

「ふふふ。ようこそ我が家へ」

「わー広い家！」

その日、私はナドナを家に招《まね》き入れていた。

………。

勝負をするつもりであるのに一体何をやっているのかと自分でも思うが、これこそが我が師であるサヤ殿の狙いである。

こっちが私の部屋だから、とナドナを案内する最中に私は我が師のサヤ殿との会話を思い出す。

「次は部屋に誘っちゃいましょうか……」

ふふふふ、と不敵な笑みのサヤ殿。私は当惑《とうわく》した。私は勝負がしたいのですよ？

「ええ、ええ。分かってますよ。そうですねー勝負がしたいんですよねー」

にこにこと笑いながら頷くサヤ殿。その様子はまるで子どものお話に微笑《ほほえ》ましく耳を傾ける母の如し。「ま、大丈夫ですよー。ぼくが今から教える手段を使ったらイチコロですから」

「イチコロなのですか」

「次からは勝負が成立しなくなるといっても過言じゃないですね」

「そんなにですか！」

期待大であった。

しかし部屋に呼ばねばならない理由にまるで見当がつかなかった。私は期待と不安が半々に織り交ざった複雑な感情を抱えたままナドナを部屋に誘い、ついでに、今日という日が訪れるまで部屋の汚れが気になって掃除《そうじ》をしたり、ナドナが来た時に何をしようかとシミュレートしたり、そして今日を指折り数えて待ったり、母親には「友達が家に来るから」と、とにかくダイニングから出てこないで欲しいと念を押したりもした。天才たる私の普段の姿をナドナに見せることはすなわち彼女に弱みを握《にぎ》られることと同義と言っても過言ではない。

「あらいらっしゃぁい」にもかかわらず空気を読まずにダイニングからひょいと出て来るのが我が母である。「あなたがナドナちゃんね。可愛いわぁ」

暇を持て余した主婦特有の距離感で我がライバルのナドナに接する我が母。手を握り、あらあらお人形さんみたいに可愛いわぁうふふと笑う。

母親という生き物はだいたいこういう時に余計なことを言うものである。そして我が母も例外ではない。

「この子、変な子でしょう？　だから友達できたことないのよ。ナドナちゃん、クレチルと仲良くしてあげてね」

「お母さんやめて」

私はこれ以上の失言《しつげん》を重ねる前にと、ナドナの背中を押して強引にその場から引き離す。彼女は我が母に振り返りながら小声で「いいお母さんやね」と笑った。その顔やめろ。

そうしてナドナを部屋に連れ込む。

私の部屋は恐ろしいくらいに綺麗《きれい》だった。ほこり一つない。なんと完璧な部屋なのだろうと再び思った。

ナドナは私の部屋を見るなり綺麗やねと感想を言った。私はそうだろうと頷く。それからナドナはまるで何か悪い物でも探すように部屋の中をゆっくり徘徊してゆく。

やましいものはないはずなのに妙に落ち着かなかった。

私が持っている本や資料に反応して彼女は「これ面白いよね」「私もこれ持っとるんよ」と感想を述べる。まるで腹の中を探られているような気分である。

広い家の割にはささやかな広さしかない私の部屋はすぐに見るものがなくなった。ナドナは部屋の真ん中でやることもなく立ち尽《つ》くす。一体何をしているのだろうと思った瞬間に、ようやく私の部屋には座れる場所がベッドか勉強机《づくえ》しかないことに気づいた。

なんという失態か。

しかし客人をベッドに座らせるわけにもいかないだろう。

「…………」仕方あるまい。私はベッドに腰掛けた。そして、さあ椅子《いす》は貴様が座るがよい、と私はナドナを見る。

「あ、うん」

何かを察したナドナは直後に頷きながら、すとん、と私の隣に座る。

「…………」

お前そこに座るの……？

私は戸惑《とまど》い、何と声をかけるべきか迷った。迷った挙げ句ナドナを見つめるに至った。

そういえば今日のナドナはこの前一緒に遊びに行った時に買った服を着ている。そんなことに今更気づいたのはなぜだろうか。私は緊張しているのだろうか。

何も考えられなくなった私は、現実から逃げたくなった。

私はこれから一体どうすればいいのだろうか。

『クレチルさん……クレチルさん……』

そして現実から逃避した瞬間に私の脳内に響き渡る声。私はその声の持ち主のことをよく知っている。

『し、師匠……！』

それはつい数日前まで一緒にいたサヤ殿の声であった。私は驚き、辺りを見回した。一体どこからだ？　どこからサヤ殿は見ている？

というより。

『し、師匠、盗聴《とうちょう》でもしているのですか……？』

『ふふふ……ぼくがそんなことをする人間に見えますか？』

『…………』

『いや黙《だま》らないでくださいよ』

『師匠、天才はどこか常識が欠落《けつらく》したところがあるものですので盗聴されていても驚きません。でもできれば事前に一言欲しかったです』

『いや盗聴している前提で話を進めないでくださいよ……』

『しかし一体どこから声をかけているのですか』

『ふふふ。クレチルさん。ぼくの姿を探してもどこにもいませんよ。きっと本物のぼくは今頃あなたが知らない国で普通に働いていることでしょう。要するに今あなたの頭に響いているぼくの声は、サヤの声でありながら、しかしぼくではないのです』

『……どういうことですか？』

『察しが悪いですねー。要するにこれはあなたの妄想《もうそう》ってことですよ！』

要するにあなたの脳内のサヤさんです、とサヤ殿もとい神はおっしゃった。私は驚愕《きょうがく》した。

『ひょっとして私までも頭がおかしくなったのですか……？』

『ぼくがまるでぶっ壊れてるみたいな言いぐさですね』

『…………』

『いや否定してくださいよ』

『それはともかく私の脳内に出てきて一体何の用なのですか神よ』

『話逸《そ》らした……まあいいや』

対話は混濁《こんだく》した思考回路を正してくれるものである。私の記憶が生み出したサヤ殿は、途方《とほう》に暮れた私に一筋の道を示してくれるはずだ。

『クレチルさん。ぼくがあなたに伝授したことを、よく思い出してください……』

『私がサヤ殿に教えてもらったこと……』私は隣にいるナドナを見やる。『既に実行していますが』

『おやおやー。何言ってるんですか！　ここからが本番ですよ！』

『本番……？』

『まあ部屋に誘って素直に来てくれている時点で、これはもう勝利確定といっても過言じゃないですね』

『マジですか？』

『はい。今ならたぶん告白してもオッケーされます！』

『……告白？』

んー？

何を言っておられるのだ？

思考回路を正すどころか、混沌《こんとん》に包《つつ》まれる私の頭の中でサヤ殿の声だけが響く。

『ちょっとー。野暮なこと言わせないでくださいよー。今ならライバルさんと結ばれるってことですよ！』

『え？』

『ん？』

『……何を仰っているのですか？』

『……ライバルさんを振り向かせたいという相談ではなかったですか？』

『……いえ実際に勝ちたいという話でしたが』

『勝負に勝ちたいという名目でありながら実際のところは親密な関係になりたいという話では？』

『違いますが』

『……そうなんですか？』

『最初からそういう話をしていたはずですけど……』

『…………』

『サヤ殿？』

『サヤ殿？　あのー？』

結論から申し上げると、サヤ殿の声はそれっきり聞こえなくなった。それは私がようやく緊張から解かれたせいなのか、それとも隣から視線を感じたからだろうか。

「…………」

一体どれほど隣に座って互いに沈黙《ちんもく》していたのか。

ナドナはこちらを見つめ。

「……えへへ」

とだけ、笑った。

私ライバルなんだが？

いやもう、そもそもライバルって何だ？

私は一体何をしているのだ……？

唐突《とうとつ》に頭が真っ白になる私。

そのときイレイナ殿とのやり取りが私の頭の底から芽《め》を出した。

「どうしても勝負に勝てそうにないと感じたときに使えるいい方法を一つ伝授して差し上げましょう。これは絶対に敗北したくないときに使える非常に有効な手段です」

そんな凄い手段があるのですか……？

と尋ねる私に、彼女は得意げな顔をして言った。

「ふふふ。逃げるんですよ」

逃げちゃえば勝敗はなかったことになりますから、負けそうになったら積極的に使っちゃいましょう——などと。

ふむふむ。

なるほどね。

「…………」

私は立ち上がった。

一秒後。

「うわあああああああっ！」

そこには、泣きながら自分の部屋から逃げ出す情けない魔法使いが一人いたそうだ。

それが私でないことを、相変わらず祈るばかりである。

◯

「アムネシアさん、アヴィリアさん」

彼女は面接のためのエントリー用紙を二枚並べ、わたしたちの名をそれぞれ呼んでから言いました。

「やっぱり相手がちゃんとした人かどうかを精査《せいさ》してから教えを乞うほうがいいと思うのですよ」

旅をすれば資金が足りなくなることもあるというものです。

わたしとお姉ちゃんの二人はその日、訪れた国にて『誰でも稼《かせ》げる簡単なお仕事！』という怪《あや》しげな張り紙に釣られて面接に行きました。

試験会場はそこそこ豪華《ごうか》な一軒家。

わたしとお姉ちゃんの二人はそこの一室、見るからに年頃の女の子の私室のような部屋に通され、そして見るからに年頃の女の子のクレチルさんという方と対面しました。

いかにも試験のためだけに持ってきたとしか思えない古びた椅子に座らされた私たちは、いかにも試験のために真剣《しんけん》な顔を浮かべているクレチルさんから、今回の仕事内容を聞かされたのでした。

「いいですか？　お二とも。私は既に自らの師に二度裏切られているのです――」

彼女はライバルのナドナという女の子に勝つための師匠を探しているそうです。これまで師匠になった人たちはいずれもあまりいい方ではなかったようで、ライバルさんとやらにやはり負けてしまったのだと言います。

「ふっ……まさか二連続で負けるとはね……、いや、厳密《げんみつ》には昨日のは負けていないが」

負けた記憶を遠い昔のことのように語るクレチルさんなのでした。わたしは律儀《りちぎ》に挙手《きょしゅ》しつつ、

「ちなみにこれまでの記録は？」と首をかしげました。

「それでは志望動機を聞かせていただけますでしょうか」

わぁ無視されました。

「誰でもできるって書いてあったので志望しました。特に深い理由はないです」

そして馬鹿正直《しょうじき》に質問に答えるお姉ちゃんなのでした。何を言うのですか。頭がおかしい子だと思われますよ。

「ふふふ……なるほど。アムネシアさん。どうやらあなたは天才としての素質《そしつ》をお持ちのようだ」

クレチルさんも何を言うのですか。

「なにいってるのこの子」お姉ちゃんも当惑しておりました。

「天才とは常にどこか壊れているものです」とクレチルさん。

「どうしようアヴィリア。わたしこの子の言ってることが分からない」

「それはたぶんこの人が天才だからじゃないでしょうか」

「ふふふ」天才というワードに敏感に反応するクレチルさん。「分かっているじゃないですかアヴィリアさん。合格です」

なんかよく分かりませんが合格になりました。

いやいや天才と呼ばれる方の誰もがどこか壊れているわけでもなければ、どこか壊れている人の誰もが天才というわけではないと思うのですけど。

細かく突っ込むと機嫌《きげん》を損《そこ》ねそうだったのでわたしは突っ込むのをやめました。なぜならわたしたちは今、面接を受けているのだから。

「でも、クレチルさん。どうしてそのライバルの方に勝ちたいのですか？」

「負けているから勝ちたいのですよ。それ以上の理由はないでしょう」

「ふむ……」なるほど、と表面上は頷くわたし。

正直わけが分かりませんでした。聞いてみたところ、相手のナドナさんという方は天才と呼ばれる子のようです。そんな子と戦って負けたとしても「まあ相手が悪かったですね」とある程度諦《あきら》めがつくものではないのでしょうか。

とは思いましたがやはりわたしは口をつぐみました。なぜなら面接を受けているから。

「理由が漠然《ばくぜん》としているわね。本当に勝ちたいの？」

なのに空気を読まずに馬鹿正直に尋ねるお姉ちゃん。これ二回目ですよ。

「お姉ちゃん何を言っているのですか」

「変なことを言ったら合格になると思って」

「ほんと何言ってるのですか」

「ふ、ふふふふ……理由が漠然としている、か。ふふふふ……」

一方で笑いながら俯《うつむ》くクレチルさん。

彼女自身も何か感じるものがあるのでしょうか。「そうなのかなぁ……」と小声でつぶやいているのがわたしの耳にはっきり聞こえました。

そして当然お姉ちゃんも聞き逃しませんでした。

「これまでの話を聞かせてもらったけれど、何というか、クレチルさんからは真面目《まじめ》に勝とうと

いう気概《きがい》が感じられなかったわ。まるでライバルさんと関わり合いを持つために勝負を挑んでいるみたい」

なんで面接官に駄目《だめ》出ししてるんですか？

「うぐ」

しかも結構効いてますね。

「実際のところどうなの？」

「……どうなの、とは？」

顔を上げるクレチルさんの表情は、もやもやとしているようにも、緊張に強張《こわば》っているようにも見えました。もうどっちが面接を受けているのやら。

「本当はどうしたいの？　正直に言ってみて」

「………………」

「本当に勝負に勝ちたいのなら、どこの誰かも分からない魔法使いに三回も師匠になるように頼んだりしないでしょ？　わたしだったら有名な魔法使いさんとか、先生とかに教えてもらうわ」

クレチルさんは黙りました。

おや？　一体どうしたのでしょう。

「……変なことを言っても、よいですか」

「うん、どうぞ」

首肯《しゅこう》するお姉ちゃん。

それからクレチルさんが語ったのは、ほとんど自供《じきょう》ともとれる言葉の数々でした。

「正直、最近自分でもどうしていいかわからないのです……」

最初はほんの出来心だったといいます。

学園で一番のナドナさん。クレチルさんも成績はよく、試験の順位はいつもライバルさんに近い位置。当然、彼女を意識せざるを得ません。

しかし素直に話しかける勇気はありませんでした。

結果どのような手に出たか。

このような手に出たそうです。

『ふふふ……お前、成績一位のナドナだな？　私と勝負しろ』

…………。

なんで？

と思わずにはいられない手段を彼女はとりました。なぜなら彼女は自称天才であり、そして当然のように変な人だから！

「結局、それから四十回以上もそういう理由で彼女を呼び出しては勝負しました……」

そして勝負をつづけた結果、彼女は自らの気持ちに気づいたのです。

「勝負に勝ったらもう二度と決闘できないんじゃないかと思うと、なかなか勝つことができなかった。前回、戦いを挑んだ時には、結局どうすることもできなくなって逃げ出してしまった。なんというかもう完全にナドナと仲良くなりたいのだけれども、逃げ出した以上もう何食わぬ顔で話しかけるのも気が引けるしどうしたらいいんだろうと思っている今日この頃です。他人からアドバイスを受けたという名目があれば行動できるのではないかという姑息《こそく》な私がいたことも確かです。とりあえず何でもいいからアドバイスが欲しかったのです」

「そうなんだ」

お姉ちゃんが即座に頷きました。

たぶん半分以上聞いていません。そんな顔をしています。

ひょっとしたらクレチルさんは自らの気持ちをあまり表に出したことがないのでしょうか。それとも今までずっと秘めていた想いを吐《は》いて楽になりたかったのでしょうか。彼女の口から漏れる言葉はまるで堰《せき》を切ったようにどばどばでした。

しかし彼女から流れた気持ちの数々を受け止めることができるほど、わたしたちも心の準備ができていたわけではありません。

彼女の気持ちを受け止めることができる人間がいるとすれば、それはやはり今まで散々勝負を受け続けていたナドナさんその人でしょう。

まあこんな都合のよいタイミングで現れたりなどしないでしょうけど。

「――クレチル」

がちゃりと部屋の扉《とびら》が開きました。

振り返ると、そこにはクレチルさんと同い年くらいの女の子が一人。

「……！　ナ、ナドナ」

ナドナさんだそうです。

なんでこのタイミング？

「話はずっと聞かせてもろたよ……」

「は？　盗聴か？」

「ううんドアに耳当てとった」

「いやそもそも何でいるのだ」

「昨日あんな感じで終わっちゃったから、またお話したくて来ちゃった。だめ？」

「だめじゃないが」

なるほどこの人もちょっと変な人ですね。

ナドナさんはそれから部屋に入るなり、「私も同じ気持ちだよ」と語り掛けました。多分ですがこの人には私とお姉ちゃんの姿が見えていないのでしょう。

「私はお前から逃げた……もうお前と向き合う資格など……」

急に格好いい台詞吐き始めましたねこの人。

「ええよべつに。ちょっと抜けてるところがあるのは前から知っとるもん」

「何だと？」

「四十回以上も戦っとるんだもん。当然でしょ？」

えへへへ、とクレチルさんに近づくナドナさん。「でも、これからは逃げないでね」と言いながら、逃げ場を塞《ふさ》ぐように彼女はクレチルさんの前に立ちました。

一方でわたしとお姉ちゃんは部屋の出入口の方まで追いやられました。

「ナドナ……」

「クレチル……」

なにより甘い甘い感じの雰囲気の空間になんとなく入りづらかったのです。もはや二人の周りには何人たりとも侵入することはできないでしょう。

「お姉ちゃんこれは一体どういう展開なのですか」「よく分かんない」

そんな状況でおろおろするわたしたちでした。帰りたい。

「うう……よかったわねぇクレチル……」

そんな中、お部屋の扉の前に唐突に現れる大人の女性が一人。

「お姉ちゃんこの方はどなたなのですか」「よく分かんない」

「母です」

お母様でしたか。

お母様は仲睦《なかむつ》まじく向き合う二人の少女を眺めながら泣いておられました。

「本当によかったわねクレチル……ずっとお友達できずに悩んでたのに、一気に三人もできるなんて……」

お母さんは嬉しいわ……！　とお母様。

三人？　おやおや？

ナドナさんと、それからもしかしてわたしとお姉ちゃんも人数に含まれています？

……これ以上事態がややこしくなるのは避けたいですね。

「あの、お母様」『わたしと妹は面接に来ただけでお友達というわけじゃ――」

「えっ…………………………………………………………………………………」

「よく考えたらお友達でした」『そうね超親友だったわ」

そうして結局わたしとお姉ちゃんも、それから彼女たちの妙な雰囲気に巻き込まれるに至ったのです。クレチルさんに修業をつけたという二人の魔法使いたちがもう少し早い段階でクレチルさんの本音に気づくことができていればこうはならなかったでしょう。

まあ、そのおかげでここまで二人の仲が親密になったのだ、と言えなくもないのでしょうけれども。

「クレチル……」

「ナドナ……」

しかしとんでもなく甘ったるい空気感ですね……。

こっちまで胸焼けしてしまいそう――。

「……はっ！」

そのときわたしの頭に稲妻《いなずま》が走りました。

いまの空気感なら、何を言っても許されるのでは――？

くるりとお姉ちゃんに向き直るわたし。

言いました。

「お姉ちゃん、変なことを言ってもいいですか」

するとお姉ちゃんは満面《まんめん》の笑みで答えました。

「うん。だめ」

○

私がその国を再び訪れたのは、初めて訪れた日からおおよそ一ケ月ほど経《た》った頃のことになります。

特に意味もなく再びその国の観光を始めた私は、いつものように特に意識することなく買い物をしたり、喫茶店に行ったり、広場のベンチで本を読んだりなどして時間を潰しました。

やはり自由に時間が使えるというのはいいものです。

時間をいつでものんびりと贅沢《ぜいたく》に使うことができるのが旅人の特権というものでしょう。

その代わり常に財布《さいふ》には不安がぶら下がっているのですけれども。

「……自由ですねえ」

耳を澄ませば、街の喧騒《けんそう》が聞こえます。

通りで商売をする人。広場で小鳥に餌《えさ》を与える人。道行く人々に音楽を聴かせる人。それから私と同じように自由な時間を堪能《たんのう》する人。

そういえば、私が三日間だけ教師役……の真似事《まねごと》をすることになった彼女は一体あれからどうなったことでしょうか。

「まさかこの私が速読できない本が現れるとは……」

「だから言ったやん。あの本、面白いから寝れなくなるって」

ごく普通の女の子二人が、私の前を通りかかりました。休日に街の至るところで見かけるような、ごく普通の女の子です。

その片方、ダークブルーの髪の女の子は、ふと振り返ると、小さく私に手を振りました。そこにある笑顔はただ普通の女の子のものでした。

勝負ごととも無縁《むえん》で、天才とも言い難い、普通の女の子でした。

私は小さく手を振り返します。

こんないい日にどこぞの誰かの勝敗の結果を知りたがるなんて、きっとそれはとっても、「野暮ですね」

だから私は、再び自由な時間に戻るのでした。

第五章

多様性の国

THE JOURNEY OF ELAINA

「お、旅人さんだ。ようこそー。ゆっくりしていってね」

開けっ放しの門のそばに偶然《ぐうぜん》いた住民の一人が、お友達を迎え入れるように軽い仕草《しぐさ》で、魔女を国へと迎え入れました。

とある魔女がその日に訪れたのはカクテルカントリーという不思議な名前で呼ばれる国でした。曰《いわ》くその国には明確な国名というものが存在せず、訪れた旅人がその国の特徴を指して名付けたのだといいます。

この国の呼び名は人によって異なっていました。とある人はここをマーブルカントリーとも呼び、また別の人はパッチワークランドと呼んでおりました。

明確な呼び名すら定まっていないところに、この国の風土《ふうど》が表れていると言えましょう。

色々な特徴の人たちが集まり暮らすこの国は住民の数も不明。領土というものすら不明瞭《ふめいりょう》。住民たちは好きに生きています。

国というよりも人が勝手に生きているだけの場所と呼んでもいいくらい。

つまるところ、この国はとても複雑な国なのです。

魔女がこの国へとほうきを飛ばすようになったのは、今より三日ほど前のこと。

ある国の商店街を歩いていたときのことです。

「そこの魔女さん。ちょっとアルバイトをしてみんかね」背後から、声がしました。「ちょっと美味《うま》い話があるんだが、どうだね、可愛《かわい》い魔女さん」

可愛い魔女さん？

一体誰のことでしょう。

そう、

「私ですか」

くるりと振り返るのは灰《はい》色の髪《かみ》と瑠璃《るり》色の瞳《ひとみ》の魔女。黒のローブと黒の三角帽子を身にまとい、胸元には星をかたどったブローチがひとつ。とっても可愛いこの魔女は一体どなたでしょう。

改めて言いましょう。

そう、私です。

「さっき入国してきたところを見ていたが、あんた、旅の魔女だね？　だったら一ついい商売があるんだが、やってみんかね」

「えー？　いい商売ですかぁ？」

いかにも怪《あや》しげな勧誘《かんゆう》に、私はそのように顔をしかめたものですが、しかし話を聞いてみると意外にもまっとうな仕事のお誘いであったようです。

曰く、カクテルカントリーなどと呼ばれる国に本を買いに行ってほしい、とのことでした。どうしてもその国でしか売っていない物を仕入れたいのだといいます。

そんなに欲しいならばご自分で行けばいいのでは？　と思わなくもありませんが、当然、人に頼むというからにはそれなりの理由があるものです。

「実はその国はなかなか治安が悪くてな……」

要はおっかないので商人さんは行きたくないのだといいます。

私は驚きました。

「まあ！　物騒《ぶっそう》な国にか弱い女の子を行かせるなんて」

「あんた魔女だろ」

「そしてか弱い女の子でもありますが」

「ともかく行ってきておくれよ。俺《おれ》たちはなるべくあの国には行きたくないんだ」

「俺たち？」

と私が首をかしげた直後です。

私の周りに商人仲間と思《おぼ》しき男たちがぞろぞろと勢ぞろい。「あの国に行くのか？　じゃあついでに化粧品《けしょうひん》も買ってきてくれよ！」「よければ服を買ってきてくれないかしら！」「俺は武器を！」「私も私も！」「俺も俺も！」まるで競い合うように彼らはお金を私に差し出します。

一体どんな国なのかと思っていたのですけれども。

「わぁ、やばそう」

どうやら多くの商人にとってはあまり行きたくない国であるそうです。

そして私は商人さんたちから大量のお金を預かりつつ、物騒な国を目指してほうきを進めるに至りました。この国に関する様々な呼び名を聞いたのもそのときのことです。

私は彼らに、「結局その国ってどういう国なんですか」と尋《たず》ねたのですが、彼らはいずれも一度しか行ったことがないせいか、反応は一様でした。

「んんー……」

と低く唸《うな》るのみ。

結局いまいちはっきりしないまま、私はカクテルだったりパッチワークだったり、あるいはマーブルだったり、色々な名前だけを抱える国まで行ったのです。

まあ色々な呼び名がありますが。

「うちの国は区画によって多くの派閥《はばつ》があるんだよ」

国のことは住民に聞くのが一番というものでしょう。

国に着いて早々に私はひとまずお仕事を処理すべく、商人さんたちから頼まれたお買い物のリストを読みつつ街を徘徊《はいかい》しました。

まず最初に訪れたのは、本屋さん。

「ちなみに俺たち読書家が住むこの場所は読書家区画と呼ばれている」

「はあ」

「うちの国は趣味趣向《しゅみしゅこう》によって住んでいる区画が違うのさ。読書家なら読書家区画。服が好きならファッション区画、それから筋肉好きの筋肉区画や香水《こうすい》好きの香水区画なんてのもある」

「ふむ……」

なるほど、気の合う者同士で集まって暮らしているというわけですか。

見れば確かに、ここは読書家区画と呼ばれるだけあって、辺りは一面、本屋さんだらけです。私がたまたま入った書店はシックな店構え。哲学書を多く取り扱《あつか》うお店でした。

「読書家区画の中でもうちは最も高尚《こうしょう》な店だよ。立地も国の入り口から一番近いし、なによりたくさんいい本が置いてあるだろう？」

私にお使いを依頼した商人さんたちが主に欲しているのは、この国の住人が作り出した物でした。お買い物リストにはまさにこの国で書かれた哲学書のタイトルが書かれています。

私は指定された冊数だけ持ってカウンターに行きました。

ところで。

「この国の住人が書いた冒険《ぼうけん》小説も欲しいのですけど、どこにありますか？」私は首をかしげました。

「ああ……冒険小説ね。それなら読書家区画の隅《すみ》っこのほうにあるよ」

とたんに態度《たいど》が冷たくなる高尚な書店とやらの店員さん。私は何か不味《まず》いことでも言ったのでしょうか？

違和感を抱きながらも私はメモに記載されている哲学書の名前に線を引き、それから通りの先に進みました。

そこにあったのはカラフルな店構え。

「らっしゃい！　冒険小説といったらうちの店だね。何かお探しで？」

店内に入るなり店員さんが声を掛けてくれました。探し物が多く、一つひとつ律儀《りちぎ》に探すのは疲れるのでこういった気遣《きづか》いはありがたいですね。

私は紙切れをそのまま店員さんに見せました。

彼はすぐに「なるほど！　最近出たばかりの新作ね！　ちょっと待ってな」とお店の奥まで行き、戻って来ました。

「哲学書店にはもう行ったのかい？」とメモを返しながら店員さん。

「ええ」と私が頷《うなず》くと、店員さんは笑顔で言いました。

「ははは！　偏屈《へんくつ》な店員だっただろう？」

あの店は読書家区画の隅っこに追いやられてる哀《あわ》れな店さ、と店員さんは笑いながら話しました。

「…………」

なるほど、同じ区画の店同士でも決して仲が良いというわけではないようで。

○

「あははは！　読書家の連中なんてそもそも人付き合いが下手《へた》な連中の集まりですからね！　だから同じ読書家同士でも仲良くなれないのよ」

次に訪れたのはブティック。

この国に暮らすデザイナーが手掛けた服を商人さんが欲していたため、今度はファッション区画を訪れました。全体的に煌《きら》びやかな雰囲気が漂《ただよ》う区画です。

お買い物メモの通りにお買い物をしているとすぐに店員が現れ、一方的にトークを開始。まあこの辺りは普通のブティックとさして変わりませんね。

「この前なんて同じ区画の仲間同士で言い争いしてたのよ？　まったく呆《あき》れちゃうわよね。人付き合いが苦手だから他人が嫌《いや》がる言葉を抑えることができないのよ」

本当に馬鹿《ばか》よねえ――と嫌味《いやみ》たらしく笑うブティックの店員さんでした。

その次に訪れたのは香水店が立ち並ぶ香水区画。

上品な雰囲気と良い香りのする街並みでした。

ちなみに香水区画はファッション区画の隣《となり》に位置しております。

「またアロマ焚《た》きやがったわね！　やめてくれる？　くせえ臭《にお》いがうちの売り物にうつるのよ！」

「はあ？　うちの売り物の匂《にお》いがつくならむしろ感謝してほしいくらいなのだけれど？」

匂いを売る店と着る物を売る店。どうやら隣り合わせでは相性があまりよくないようで、その店の店主が店頭で言い争いをしておりました。

私はそんな様子を眺《なが》めながらこの国にしか売っていない香水とやらを別のお店で購入。

「わあーやってるねえ」

香水が入った箱を私に渡しつつ、店主さんは他人事《ひとごと》のようにさっきのお店の様子を眺めていました。

店主たちの言い争いは過熱し続け、胸倉《むなぐら》をつかみ合い、他の店主や客たちが止めに入るほどの騒動《そうどう》になりつつありました。

「物騒ですねえ」

とのんびり眺める私。

そういえばこの国は物騒な国と言われていましたけれども、

「ああいう争いって結構多いのですか？」

私は尋ねました。

「ん？　いいえ、全然」

彼女は首をあっさりと横に振りながら、答えました。

「あれはかなり大人しい方」

私は再び言い争いをしている彼女たちに目を向けます。

「ふざけんじゃないわよ服屋風情《ふぜい》が！」「うるさいわね近寄らないでよ！　香水臭いのよ！」

二人の店主は殴《なぐ》り合い。そして周りの店員たちも、互いの区画の者にあーだこーだと罵声《ばせい》を浴びせておりました。

止めに入ったのだと思っていたのですけれども、どうやら彼女たちは喧嘩《けんか》の加勢《かせい》をしていただけのようです。

…………。

あれで大人しいほう……？

首をかしげる私。

私の隣にいる店主さんは、徐々に区画同士の抗争《こうそう》へとなり果てている殴り合いを眺めながら、ぼそりと言いました。

「やですよねぇ、ああいう人たちがいると、うちの区画の人がみんなあんな感じだと思われちゃうじゃないですか」

○

しかし確かにファッション区画と香水区画の言い争い（殴り合い含む）は、街をひと通り回ったあとに振り返ってみると、まだ大人しい方だったのかもしれないと思い至りました。

他の区画の争いなど酷《ひど》いものです。

たとえば絵画師区画。互いの絵画を見せ合いながらも、「きみのこの構図は私の真似《まね》ではないか？」「いやいやそなたこそ」「なんだと？」「ん？　やるんか？」などと火花を散らし始め、それだけで済めばよかったものの、騒動を聞いて駆け付けたほかの絵画師たちが「どっちが真似したのかは興味ないけど個人的にはこっちが好き」「いやいや俺はこっちのほうが」と好みを語り出したせいで騒動は絵の優劣に発展。結果、渦中の絵画師たちを放って場外乱闘に発展。おまけに「おいお前等の仲間がお前等のせいで殴り合いしてるんだがどう責任をとるつもりだ？」などと別の区画の人間がでしゃばる始末。地獄《じごく》絵図。

あらあら恐ろしいこと、と私は目当ての絵を購入してからそそくさと逃げ出しました。

それから訪れたのは武器店区画。

「あそこの店の店主が不正を働いていたんだ！」

とある人気の武器店の店主さんが、外から取り寄せた武器を自らが鍛《きた》えた武器として販売していたことが判明したのだと言います。まあ大問題！　当然ながら正義感溢《あふ》れる他の店主たちから非難を浴びました。

そして店主の女の子が可愛いからという理由で一部の武器店の店主が文字通りに盾《たて》になり、武器店同士の争いに発展。そしてそんな男性たちの様子が気持ち悪いという理由で他の区画の女性たちが罵声を浴びせ、また更に他の区画の男たちがそんな女性らに対し、可愛い女に嫉妬《しっと》しているんだとあざ笑い、また更に他の区画の女性たちを巻き込むといった惨状《さんじょう》になっていました。まるで辺り一面に火を放った如《ごと》き惨状です。

「同じ女性としてどう思いますか！　魔女様！」正義感溢れる武器店の男性は私に尋ねてきました。

わあ巻き込まれちゃう。

「えへへ。よくわかんないです。えへへ」

私は質問の意味すら理解できない馬鹿な女の子のふりをしてとっとと退散《たいさん》しました。そしてあらゆる武器が飛び交う危険な区画から逃《のが》れたあとに訪れたのは、筋肉区画。

本日最後のお買い物をする区画になります。

「なるほど。確かに筋肉区画ではオリジナルの筋肉ドリンクを作成している。商人殿は目の付けどころが実にいいな」

私が伺《うかが》ったのは筋トレ専門店……という看板を掲げたお店。

広い店内には筋トレ専用の器具が並び、トレーニングをして汗を流す男女で溢れていました。

店に入った直後から湿気《しっけ》と温度が一割増で感じられたことからも彼らのトレーニングへの熱意が窺《うかが》えます。

店員さんにお買い物メモを見せると、すぐにお目当ての品を持ってきてくれました。

メモを見た段階ではそもそも筋肉ドリンクというものが一体何なのかよく分からなかったのですが、どうやらただのスムージーだったようです。

「これが我《わ》が国秘伝《ひでん》の筋肉ドリンクだ」

「どういう飲み物なんです？」

「身体《からだ》中の筋肉が目を覚ます魔法のドリンクだ」

「なるほど」よく分かんないですね。

「君、今よく分からないと思っただろう」

「お分かりですか」

「分かるさ……君の表情筋がそれを物語っている……」

「なるほど」ヤバい飲み物なんですね。

「このドリンクはトレーニング後に飲むことによって筋肉を鍛える効果があるのだよ。具体的に言えば私のような身体つきになるといったところかな」

そして店員さんは私に袋を渡しながらポージング。

私はもうこの時点でとっとと帰りたかったのですが、しかし一つ気になったことがありましたので、荷物を受け取るついでに首をかしげるに至りました。

「この区画は結構平和なのですね」

ここに至るまでに訪れた区画では大体どこかしらで揉《も》め事が起こっていたと記憶していますが、しかし見る限り、筋肉区画ではそのような光景はないようです。

見えるのはひたすら汗を流す男女のみ。会話もさほどありません。

「なるほど。君は目の付けどころが実にいいな」

店員さんは小麦《こむぎ》色に焼けた顔を笑顔で染めました。「あれを見たまえ」

指差すのは、店内の奥のほうでポージングをする男性の姿。露出《ろしゅつ》している筋肉はてらてらと輝いて見えます。トレーニング後の汗で濡《ぬ》れているのでしょうか。

「いやあれはオイルだ」

オイルでしたか。

「それで魔女殿、あれを見て、分かるかね」尋ねる筋肉店員。

「よく分かりません」

「あれはサイドチェストと呼ばれるポーズで、主に鍛え上げた胸筋《きょうきん》をアピールするときに用いているものなのだが」

「ポーズの名前のほうは疑問じゃないんですけど」

「ほう、ご存じだったか。なかなかの筋肉通のようだ」

「いや興味がそもそもないという意味ですが……」

というか筋肉通ってなんですか……？

どちらかというと質問の意図から聞いていきたい所存《しょぞん》なのですけれども。

私はそのような意図を込めて、筋肉店員を見つめました。店員さんはまたしても私の表情から感情を読み取ったようで、

「魔女殿が疑問を感じた通り、この区画は比較的平和だ」

彼は頷きながら理由を語ってくれました。

それはとっても単純明快《たんじゅんめいかい》な理由。

「そもそもこの区画の人間は自分の筋肉以外に興味がない」

わぁ納得。

○

一通りお買い物が終わったところで、私は大量の荷物を宿屋に置いて、街の中央区画へと足を運びました。

筋肉区画まで行ってお買い物を少ししたところで私はもう疲れて、とっとと帰りたいなという心境だったのですが、別れ際に筋肉店員さんが、とても気になることを言っていたのです。

「いいかい君。筋肉ドリンクは必ずトレーニング後の三十分以内に飲まないと効果が――」

ではなく。

「ここは確かに比較的平和だが、もっと平和な区画がある。中央区画というんだが――」

と話してくれたのです。

物騒な争いごとだらけの街で最も平和な場所。

当然、気になるに決まっています。ですから私は早速《さっそく》とばかりに訪れたのです。中央区画は筋肉区画からさほど遠くもない場所にありました。

「ほほーう」

結論から申し上げれば確かに中央区画はなかなかに平和な暮らしを享受《きょうじゅ》している方々が集まっているようでした。

見える景色はよその国とそう変わりません。

普通の喫茶店《きっさてん》があり、普通のレストランがあり、そして普通の住居と、普通の住民が自由な時間を満喫《まんきつ》しています。

試しに喫茶店に入って、テラス席でのんびりしてみました。

メニューを見て、テキトーにコーヒーを頼んで、のんびりすること数分。暖かいコーヒーが運ばれてきたので、ひと口飲みました。

「……美味《おい》しい」

決して絶品《ぜっぴん》というわけではありませんでしたが、国を回り、お買い物をし尽《つ》くしたあとに飲むコーヒーはほどほどに美味《びみ》でした。

要するに普通だったということです。

「きみ、見ない顔だね。ひょっとして旅の方かな」

「…………」

一人の時間を堪能《たんのう》している際に話しかけてくる男性がいることが普通であるかどうかは定かではありませんけれども。

声にくるりと振り向くと、私の後ろの席に一人の男性がおりました。

男性は「やあ」と手を振ると、

「ああ、ごめんね。警戒《けいかい》しなくてもいいよ。別に君を口説《くど》いてどうこうするつもりはないんだ」

「それは口説くつもりで声を掛けてくる男の常套句《じょうとうく》な気がしますが」

「しかし僕《ぼく》にその気がないのは事実だからね」彼は胸ポケットから名刺を取り出し、私に差し出しました。

私は警戒しつつも受け取ります。

「多様性の国、運営委員……？」

まず国名からしてさっぱりなのですけど？　と私は首をかしげました。

「この国に人を集めている人間のことだよ」

ひょっとしたら目の前の男性も少々筋肉に傾倒《けいとう》している傾向があるのか、表情から私の心を読み取っていただけました。

「多様性の国というのは、現段階でのこの国の名前だよ。まだ明確な名前はないんだ」

「ほほう」

「君は観光客だね？　この国に君のような若い魔女がいることは珍《めずら》しい。よければ色々と話を聞かせてもらえないかな。この国はあまり観光客が来ないからね、今後の参考にしたい」

多様性の国の運営委員という謎の肩書きの男性は、それから自らの事情を明かしてくれました。

曰くこの国の中央区画に住んでいる人々は、元々は旅人や商人が中心だといいます。様々な国を渡ってきた彼らが寄り添い合い、暮らすようになったのが、この国であるそうです。

「僕らが旅をしてきた中で見てきたのは、何不自由なく暮らすことができる普通の人と、そうでない人たちだった」

国を渡れば色々な人を見るものです。

彼は言いました。

「特に多くの国では多数派が普通とされ、少数派は変わり者、変な人、そんな風に呼称される。大多数の意見に押しつぶされ、自分の意見が言えなくなってしまう。そういう人たちだった」

「……ふむ」

「人は集団に属すると、個性を失うんだ。属している集団そのものが自分自身の言葉になる。個性を失い、そして異なる意見や考えが受け入れられなくなる。相反する者はすべておかしなものに見えるようになる。自分自身の居場所が心地いいからね」

「…………」

「違いを認められない人間ほど小さいものはないだろう。本当は人間はもっと他人との違いを認め合うべきなんだ」

ほう。

「それで考えられたのが多様性の国というわけですか」

「そう！　他者との違いを認め合うことで真の平和を目指す国を我々は作ったのさ！」

「へえ」立派な志《こころざし》ですね。「ところでこの国はどなたが治めておられるのです？」

「ははは！　魔女さん、誰か一人に国を治めてもらおうなんて考えは時代遅れだよ」

「………………」

なるほど、私の意見はどうやら多様性の一つには値しないようです。「この国の治安がなかなかに悪いと商人たちの間で悪評《あくひょう》が広まっているようですけど――」

観光客があまり来ないことを悩んでおられるご様子でしたので、私は商人たちによるこの国の評価というものを語って聞かせて差し上げました。

かくかくしかじかと。

すると運営委員の男性は「んんー……」とまるでこの国のことを聞かれた商人たちのように、複雑な顔をしながら低い声で唸るのでした。

「治安の悪い国、か……」

私は頷きます。

「そうですね。まあ派閥争いばかり行われているようですし……」

「この国に住む人間は皆変わり者と呼ばれてきた人たちだからね……」彼は語ります。

「それに、この国はまだできたばかりだから色々な問題はあるさ。一応、趣味の近い者同士を集めてコミュニティを作ることで、住民たちが軋轢《あつれき》を生みづらいようにはしているんだよ」

「…………」

「同じ趣味同士で集まって互いの違いを理解し合うこと。これは人間同士の違いを分かち合うための第一歩だよ」

と運営委員さん。

なるほどなるほど。

「であるなら今はまだうまく行っていないようですね」

と私は言いながら、道の向こうを指差します。

「……？」

振り返る運営委員さん。

その視線の先には、この国が目指す方向と真逆のものが広がっていました。

武器店同士の抗争です。どうやらここまで騒ぎが広がってしまったようでした——女の子を守るための盾となった男性だったり、大声を上げて助けを求める女性だったり、正義感溢れる男性だったり、色々な人がまるでお祭りのように騒ぎまわっていました。

そして騒ぎを聞きつけた人がまた騒ぎに加わり、更に騒ぎを広げてゆきます。

放っておけば鎮火《ちんか》すると思っていたのですけれども、残念ながら火の手は燃え広がるばかり。

いやはや大変そうですね。

遠巻きに見ている分にはただのお祭りと区別がつかない様相《ようそう》ですが、しかし武器を持った人たちが大勢で街で騒いでいる様子は治安が悪い以外に言いようのない光景でした。

「やれやれまたか……」

運営委員の男性曰く、あの手の騒ぎはまあまあ頻繁《ひんぱん》に起こるようです。

まあそうでもなければ治安が悪い国などと言われたりはしないでしょう。

「困《こま》ったものですね」

遠くから騒動を眺めながら私は言います。

運営委員の男性は、「そうだね……、まったく困ったものだよ」とため息をつきながら。

それから言いました。

「ああいうのがいると、この国の人間が皆《みな》ああいう人間だと思われるじゃないか」

○

それから国を出た私は、大きな大きな荷物の数々をほうきに括《くく》りつけて飛び、商人さんたちにお届けいたしました。

「これがご注文の品の数々です」

変わり者たちが多い国では、なかなかよそではお目にかかれないレアなものが手に入るらしく、商人たちは大喜び。お金を貰《もら》って私も大喜び。まさしく皆幸せで素敵《すてき》な展開といえました。

「………」

ところで、まあ一応、念のため。

私が訪れたかの国に関しては、国の運営をしている方々が呼称している名前が一応あるということも、ついでに商人さんたちには教えておきました。

「へえ『多様性の国』、ねえ……」「ダサい名前ね。マーブルカントリーのほうがいいのに」「いやパッチワークランドのほうが」「いやカクテルカントリーだろ」「は？　ダサ」「おいお前今何て言った」「おいおい喧嘩はよしたまえよ。でもカクテルカントリーは確かに一番ダサいわ」「そんなに駄目《だめ》か……？」

正式な名前が伝えられてもなお、国の名前に関して意見が割れ続けるところに、この国の風土というものが表れているのかもしれません。

商人さんの一人は私に尋ねます。

「ところで魔女殿」

「はい」

「多様性の国はどうだったかね」

現段階における治安の状態や、国の雰囲気を尋ねているのでしょう。

はて一体どう答えればいいものやら。

私は短い間に訪れたさまざまな区画で起きた出来事《できごと》や、出会った人々のことを思い出し。

結果、低い声で唸りました。

「んんー……」

きっと私はこのとき複雑な顔をしていたはずです。

第六章

灰の魔女の減量計画

THE JOURNEY OF ELAINA

これは、自由の街クノーツを私が訪れたときの話。

フラン先生やサヤさんと再会したときの思い出話です。

「はあ……」

思い出話だというのに辛気臭《しんきくさ》いため息をこぼす魔女は一体どなたでしょう？

そう、私です。

「あら？　イレイナ。何かお困《こま》りですか？」

そして弟子《でし》の悩《なや》みにいち早く気づくのが我が師匠《ししょう》であるフラン先生でした。

私たちは今、国でもまあまあ人気の喫茶店《きっさてん》に足を運んでいました。まあまあ人気の店内にはまあまあの人の姿があり、そしてまあまあに美味《びみ》なパンとコーヒーが、私たちの前には置かれています。

私はパンを食べつつ再び大きくため息をつきながら、向かい側に座る先生を見ました。

「分かりますか、先生」もぐもぐ。

「あなたが好物のパンを食べている最中にため息なんて珍《めずら》しいですから」

「それでは私が四六時中パンを食べている無類《むるい》のパン好きみたいじゃないですか」もぐもぐ。

「そう言っていますす」

「しかし先生、悩みのせいでこの好物のパンも全然美味《おい》しくいただけていないんですよ」

ああなんて可哀《かわい》そうな私。とてもとてももぐもぐと食べながらも、しかし再び大きくため息をこぼしました。

とってもお悩みな様子の私に、先生は意外そうに目を見開きます。

「あらそうなのですか？　本当に随分《ずいぶん》な悩みなのですね」

「ええ。それはもう私の生涯《しょうがい》でもこれほど頭を抱えたことはないのではないかと思えるくらいにとっても困っています」

「一体どうしたというのですか」

「実はですね……」

パンを片手に身を乗り出す私。

いかにもこれから重大な発表をしますよ、と言いたげなその姿勢《しせい》に、師匠もまた身を乗り出し、

「はい……」

ごくり、と唾《つば》を呑《の》み込んでいました。

それから私は勿体《もったい》つけて、言うのです。

「最近……太ってしまいまして」

「はい……はい？」

「太っただけならいざ知らず、一体どうして太ってしまったのかまったく見当がつかずに困っているんです」

まあ一体なぜでしょう？　私は悲しみに暮《く》れながらパンをもぐもぐもぐもぐ。美味しくいただけなくてもパンを食べる手はやめられない止まらない。

「原因は明白な気がしますけど」

「ん？　先生。なに見てるんですか。あげませんよ。美味しくなくてもパンはパンですから」

「うわあ」

「ともかく私は今とっても困って落ち込んでいるのですよ先生」

「でも食べてるじゃないですか」

「これはつまりストレスによるヤケ食いというものですね。困っちゃいました」

「うわあ」

「私は普段とさほど変わらない食生活を送っているだけなのに……一体どうして私の身体《からだ》は重さを増してしまったのでしょう……」

「普段の食生活が偏《かたよ》りすぎているだけではないですか……」

呆《あき》れたようにため息をつくフラン先生。その様子は完全にお手上げですと言いたげであり、かの有名な星屑《ほしくず》の魔女ですら投げ出す深刻《しんこく》な問題に私が直面しているという事実を言い表していました。

まあなんということでしょう。

「はあ……、このままでは私の体重が無尽蔵《むじんぞう》に増えてしまいますー」

私は途方《とほう》に暮れました。

どなたか助けていただけないでしょうか。

「話は聞かせてもらいました！」

びたーん！　と突然《とつぜん》私の隣《となり》に座る少女の姿。

見ればそれは黒い髪《かみ》を短く切り揃《そろ》えた少女であり、なんとなくサヤさんのような風貌《ふうぼう》をしているように見えました。黒のローブを身に纏《まと》っており、よく見れば胸元には星をかたどったブローチと、月をかたどったブローチがあります。まるでサヤさんのよう。

あと私が持っているものとまったく同じネックレスと三角帽子もありましたね。

わあ偶然《ぐうぜん》ー。


「…………」


というより、サヤさんご本人でしたね。

「話は聞かせてもらいましたよ！　イレイナさん！」

再び彼女は声を張り上げました。

「あらサヤさん」フラン先生は唐突《とうとつ》に登場したサヤさんにさして驚く様子も見せずにうふふと笑いながら尋《たず》ねます。「いつから聞いていたのですか」

「最初から聞いていました」

「あらまあ」

「イレイナさんの容量《ようりょう》がいっぱいに増えるというお話ですよね」

「あらまあ……」

先生の表情が僅《わず》かに曇《くも》りました。

引いてる……。

「サヤさん一体どこから湧《わ》いて出たんですか」

私はサヤさんをじとりと睨《にら》みながら尋ねます。

「この辺りからイレイナさんの香りがしたので来ました」

「パンの匂《にお》いの間違いでは？」私そんなに匂いますか……？

「イレイナさん。イレイナさんがいるところはすなわちぼくも必ず嗅《か》ぎつけるということです。覚えておいてください」

「とんでもないストーカーじゃないですか」

「違います！　ぼくの行為はストーキングなどではありません！」

「じゃ何です？」

「愛ゆえの尾行《びこう》……ですかね」

「やっぱりストーキングじゃないですか」

何を言っているんですか、と私はため息をこぼしました。

「あらまあ……」

一方でフラン先生はとてもとても引いておりました。

かの有名な星屑の魔女の表情ですら一瞬《いっしゅん》で凍《こお》りつかせてしまうサヤさんの突飛《とっぴ》が過ぎる言動《げんどう》の数々に私が戦慄《せんりつ》したことは言うまでもありません。

そしてついでに「サヤさんとの関係性が変に勘違《かんちが》いされたらどうしよう」と若干《じゃっかん》ながらひやひや

としたことも言うまでもありません。

「ともかくこのままではイレイナさんが『可愛《かわい》すぎる女の子は誰でしょう？　そう、私です』と言えなくなってしまうというお話でしたね？」うふふとサヤさん。

「ぶっとばしますよ」うふふと私。

「あなた普段そんなこと言ってるんですか」あらあらうふふとフラン先生。

「弟子の微笑《ほほえ》ましい一面を見てしまいましたわ、みたいな顔しないでください先生」

「実際、微笑ましい一面を見てしまいましたので」

「そんな微笑ましい一面を持つイレイナさんにとっておきの策《さく》を持ってきたのは誰でしょう？　そう、ぼくです」

「ぶっとばしますよサヤさん」

じとりと睨む私。

一方でフラン先生は、「あら」と顔をサヤさんに向けます。

「パンの食べ過ぎに対してなにか策があるのですか？」

私と同様にパンをよく食べておられるフラン先生の琴線《きんせん》に引っ掛かったようですね。

サヤさんは「もちろんです！」と胸を張りました。

「とっておきの策がありますよ！」

「とっておきの策……！」目を輝かせるフラン先生。

一方で私は私でどうせ変な策でも言うつもりなのだろうなと目を細めていました。

そんななかでサヤさんは堂々《どうどう》と言いました。

「野菜《やさい》に毎日オーケストラを聞かせると美味しくなるというお話を、ご存じですか?」

わあ早速嫌《さっそくいや》な予感。

「それが一体、何ですか?」首をかしげるフラン先生でした。

「これはつまり、食べ物に毎日同じ音を聴かせることで、食べ物がこちらの意思に沿《そ》ってくれる、ということです」

「そうですね」

「そしてこの事実は人間を相手にも有効だとぼくは考えます」

「そう……なんですか?」

「そしてこの事実は、毎日イレイナさんに愛を囁《ささや》くことで、イレイナさんが将来的にぼくに振り向いてくれる可能性がある、ということを示唆《しさ》しています!」

「そう……なんですか?」

こっち見ないでください先生。

「イレイナさんがぼくと一緒《いっしょ》に生活を送ることで栄養バランスがとれたきちんとした食事を摂《と》ることができるという話です。片時も離れずイレイナさんを健康に導いてみせます!」

「あら拉致監禁《らちかんきん》ですね」

のほほんと言わないでください先生。

いやはやしかし、

「まあ、結果的に痩《や》せるという点においてはサヤさんの案も悪くはないですね……」

ふと私は真面目《まじめ》に考えてみます。「ストレスで激痩せする未来が見えます」

「ひどい！」

うわーん、とサヤさん。

いえどちらかというとそんな提案をしてくるサヤさんのほうが酷《ひど》いと思いますけど……。

「しかしイレイナ。本気で痩せたいのであれば、私と一緒に暮らすという手もアリですよ」

とてもにこやかな顔でフラン先生が言いました。

「フラン先生とですか」

「ええ。毎日私の手料理を振舞《ふるま》って差し上げます」

「……私の記憶が正しければ先生の手料理はとても食べられたものではなかった気がするのですけど」

「ええ。まあ、ですから恐らく結果的には痩せると思いますけど」

「結果は望ましいものですけど過程が嫌です」

「あらあら」

「じゃあぼくの案は――」ひょいと顔を出すサヤさん。

「過程が嫌です」ふいと私は顔を背《そむ》けました。

「ひどい！」

まあ要するにどちらの案もお見送りということですね。

「やはりダイエットは一筋縄《ひとすじなわ》ではいきませんね……」

困ったものです、と私はパンをもぐもぐしながらため息をつきました。やっぱりあまり美味しくありませんね……。

そんな私を見ながら、ため息が乗り移ったようにフラン先生も同様にため息をこぼしました。

「パンを食べるのをやめるだけで済む気がするのですけど……」

などと。

まあそれはさておきですよ。

「今回のお二人との会話で私、ひとつ良い案を思いつきましたので、今日はこの辺りで失礼しますね」

私は「良い案……？」と不思議そうに首をかしげるお二人を後目《しりめ》に立ち上がり。

ええ、と頷《うなず》きながら、言いました。

「ちょっとパンにオーケストラを聴かせてきます」

第七章

宵闇のヘルベ

深い森の中にある小さな国。

宵闇《よいやみ》のヘルベ。

しんと静まり返った夜の街に、街灯《がいとう》がささやかな明かりを灯《とも》していました。見渡す限り、街に灯る明かりはそれだけで、暗闇と頼りない光が交互《こうご》に訪れます。

国と外を繋《つな》ぐ門から続く大通りに人の姿はなく、石畳《いしだたみ》を叩《たた》く靴音《くつおと》は一つだけ。

風はざわりとするほど冷えていて、見上げれば何もない夜空の中に線のように細い月だけが浮《う》かんでいます。

魔女は暗い空を見上げながら、闇の中に取り残されている月を哀《あわ》れに思いました。まるで世の中に置いていかれたように独りぼっち。寂《さび》しいものです。

「…………」

と思った直後にそもそも自身も同じく独りぼっちで寂しい存在だと気づかされた哀れな魔女が一人、その町の路上にはいたといいます。

具体的に申し上げるならばその外見は灰《はい》色の髪《かみ》で瑠璃《るり》色の瞳《ひとみ》。そして黒いローブと三角帽子を纏《まと》った旅人であるといいます。普段であれば入国と同時に「きゃーかわいいー！」と喝采《かっさい》を浴びるはずなのですが今宵《こよい》は静かで誰からもどこからも声が上がりません。

そんなわけで寂しくしょんぼりしながら歩く魔女が、一人いたといいます。

それは一体どなたでしょう。

そう、私です。

「……困《こま》っちゃいましたね」

入国してから三十分程度。

とりあえず街灯が続く限り大通りを十分程度歩いているのですが、誰一人として会えません。通り過ぎる背の高い住居の数々はまるで旅の魔女の来訪《らいほう》を拒《こば》むように窓《まど》をぴっしりと閉《し》め切っております。

ここは無人の街ですか？　とすら思ったほど。

もしくは「きゃーかわいいー！」という喝采を浴びる妄想《もうそう》をしていたことがばれて引かれましたか？　と思ったほど。まあ何はともあれ、

「困っちゃいましたね……」

私は同じ言葉を繰り返しながら大いにため息をつきました。

本来ならばこんな時間に来るはずではなかったのです。

この国の夜はよくも悪くも有名なのですから。

「――いいですか魔女様。いくら魔女様といえど、この国の夜はとても危険です。本日は迅速《じんそく》に入国審査を行いますから、急いで宿を見つけて隠《かく》れてください」

入国審査の際に門兵さんから言われた言葉です。幸か不幸か私が入国したタイミングは門が閉まる直前のこと。門兵さんもじきに屋内に隠れてしまうそうで、私もすぐに宿を探したほうがいい、と通されました。

しかしながらいくら街を歩こうにも、開いているお店はおろか、人の姿すら見当たらなかったのです。

この国は夜になると誰も出歩かなくなります。住民はもちろんのこと、兵士も、旅人も、商人も、動物さえも出歩かなくなると言います。

この国の夜は、人のものではないのです。

『……あ』

背後から声がしました。

おや、住民の方でしょうか？　と、ほとんど反射的に私は振り返ります。

直後、私は今更《いまさら》になってこの国の夜を出歩いたことをひどく後悔《こうかい》しました。

『お金返さなきゃお金返さなきゃお金お金お金お金――』

俯《うつむ》きながらぶつぶつと呟《つぶや》く、人の姿がありました。

肌《はだ》は全身から血を抜きさったような白。細くて長い首には縄《なわ》が巻かれて、だらりと地面に垂《た》れています。

それが生きた人間でないことは見るからに明らかでした。

見た目からして生身《なまみ》の人間らしさはありませんし、そもそも、

「わあ透《す》けてるー」

半透明《はんとうめい》でしたし。

『お金お金お金お金――』

半透明の人間らしき何かからは、同じ言葉が繰《く》り返《かえ》し吐《は》かれます。

そしてその声に呼応《こおう》するように、一つ、また一つと同じような者の姿が暗闇の中から現《あらわ》れます。

『痛《いた》い痛い痛い痛い……』『どうして私を捨《す》てたのですか……？』『お前を殺して私も死ぬ。お前を殺して私も死ぬ……』

ぶつぶつと呟きながら歩く、人ならざる者たち。

「…………」

厄介《やっかい》なことになりました。

宵闇のヘルべという国が夜になると人ならざる者が街を往来《おうらい》するようになるという話は、商人や旅人の間では有名な話です。

だからこそ日が暮《く》れる前に入国したかったのですけど――。

「うーん……」

実際、遭遇《そうぐう》した場合はどうすればいいのでしょう？　はてさて、私はゆっくりこちらに歩みを進める人ならざる者の前で首をかしげるに至《いた》りました。

魔法は効《き》くのでしょうか？　そもそも戦っていいような相手なのでしょうか？　危《あぶ》ないモノがうろついている国とは聞いていましたけれども、実際のところその危ないモノと出くわしたときにはどうすればいいのかは聞いていなかったのです。

やれやれ。

「困っちゃいましたね」

本日三度目の台詞《せりふ》を吐きながら私は杖《つえ》を出しました。

とりあえずけん制でも撃ってみましょうか——と私はあらぬ方向、街の路上に杖を向けて、火の玉を軽く放ちます。

ばしゅっ、と火の玉が石畳の上で弾《はじ》けて消えました。

人ならざる者は、火を追って振り返ります。

それから、

『お——』

金、と言いかけて、そのまま人ならざる者は、身体中がばらばらに砕《くだ》けた直後に霧《きり》のように消えてしまいました。

「…………?」

当然ながら私が放った火の玉には人ならざる者を粉《こな》みじんにする効果などはありません。

『いた——』『どうし——』『お前——』

まして周辺にいた同じような者たちを一つとして残らずに砕くような効果などもってのほかです。

路上には一瞬《いっしゅん》、薄《うす》い靄《もや》がかかりました。街灯の明かりがぼやけて、視界が白く覆《おお》われます。

「こんな夜に出歩くなんて」

足音ひとつがその向こうから響《ひび》きました。「きみはよそ者だね」

一瞬の霧が晴れた後、その場に立っていたのは魔女でした。

青みがかった銀色の髪に、金色の瞳。白のローブと黒いロングスカート。胸元には星をかたどったブローチが一つ。

そして何より特徴的なのは、彼女が杖の代わりに抱える大きな大きな鎌《かま》でした。

くるりと鎌を振り回し、風を起こして霧をはらいながら、彼女はそしてくすりと笑います。

「危ないところだったね」

宵闇のヘルベ。

この国はよくも悪くも有名です。

この国の夜は人ならざる者が支配し。

そして、人ならざる者を狩る魔女が一人、いるのだと言います。

「ボクの名前は三日月《みかづき》の魔女クラリス。君は？」

優《やさ》しく微笑《ほほえ》みながら手を差し伸べる彼女。

暗い夜の中、彼女が抱《かか》える三日月のような鎌だけが月明かりに照らされて、輝いていました。

○

クラリスさんに話を伺《うかが》ったところ、どうやら私が入国したタイミングは既《すで》にありとあらゆるお店というお店がこぞって窓と扉《とびら》を閉め切っていたようで、いくら探したところで誰とも出会うことができないのはごく自然なことだと言います。

「いまの時期は亡者《もうじゃ》が活発だからね、街の皆《みな》も警戒《けいかい》しているの」

まあ運が悪かったねー、と彼女は軽く笑いながら、安全な場所まで案内してあげる、と私に手招《てまね》きをしました。

よく知らないひとにはついて行っちゃいけませんというのが一般的な常識ではありますが、残念ながらよく分からない人ならざる者がうろついている街は一般的ではありませんので私は二つ返事で彼女の背中《せなか》について行くことになりました。

そうして辿《たど》り着いたのは、三日月の魔女が所有する事務所。

「実際には事務所兼《けん》ボクの実家でもあるけどね。さ、入って」

そこは通りに面する多くの建物と同じく四階建てのレンガ造り。

一階と二階は簡素《かんそ》ながらも高そうなデスクとチェアが並ぶ事務室。私が案内された三階は、向かい合ったソファとテーブルが一つ。それから部屋の奥に大量の資料や魔法道具、研究資料が詰まれたデスクが一つ。

曰《いわ》くクラリスさんの私室だそうです。

ちなみに四階部分が実家になっているとのことで。

「……結構な事務所ですね」

三日月の魔女殿《どの》はなかなか儲《もう》かっておられるようですね。

「ふふふ。そうでしょう。結構お金と時間をかけてこだわって作ったんだ」自慢《じまん》げに彼女は胸を張ります。

直後です。

どん、と上の階から呻《うめ》き声と物音が一つ。

………。

防音対策はいまひとつのようです。

そういえば上の階は実家とのことでしたけど。

「どなたかおられるのですか？」

「ああ、いいの。気にしないで」はっきりとした口調で彼女は言いました。

恐らくはあまり触《ふ》れられたくはないのでしょう。彼女は「ボクの母親だよ。いつものことだから、本当に気にしないで」と笑い、それから矢継《やつ》ぎ早《ばや》に、

「ところで何か飲む？　灰の魔女さん」

と応接スペースのソファに座るよう手で促《うなが》しながら、私に尋《たず》ねます。

聞かれたくないならば聞かない方がいいでしょう。

「イレイナでいいですよ」頷《うなず》きながら私は座りました。「コーヒーがあるなら、コーヒーを一つ」

「いい選択だね。ボクたち三日月会はコーヒーにはこだわっているんだ」

「三日月会？」

聞き馴染《なじ》みのない単語に私は首をかしげました。

「ボクが設立したこの組織の名前だよ」

コーヒーを淹《い》れながら彼女は語ります。「まあ簡単に言えば自警団《じけいだん》みたいなものかな。業務内容は主に国の防衛、それと亡者の討伐《とうばつ》」

「亡者？」再度首をかしげる私です。

「さっき君の前にいっぱいいたでしょ。アレのことをこの国ではそういう風に呼んでいるの」

「アレ一体何なんです？」

「はは。聞いてばっかりだねイレイナさん」

「不可思議《ふかしぎ》なものだらけで困惑《こんわく》しているんですよ」

少なくともこの国に入った直後からおかしなものばかりを目にしています。半透明のよく分からない生き物……のようなもの。それを狩って回る組織を抱える魔女。

そして何より示し合わせたように窓を閉ざし一切出歩かない奇妙《きみょう》な一体感を持った街の住民たち。

この国では夜に外出したいと思うような人間も、夜中まで仕事をしなければならないような人間もいないのでしょうか。

彼女はコーヒーを私の前に置きながら、教えてくれました。

「亡者はこの国特有の化け物の名前でね、ずっと昔からこの国の住民を苦しめている恐ろしい存在のことさ。日が暮れると街の路上や屋根の上、それから広場のような屋外にどこからともなく現れて、放っておけば民家に入り込んで人を襲《おそ》い始める」

曰《いわ》く毎晩、夜になると彼ら三日月会が街を巡回《じゅんかい》して、亡者を狩って回っているのだそうです。私の目の前でクラリスさんがそうしたように、その場でばっさり両断《りょうだん》するという方法で。

「半透明のわりに物理的な攻撃が効くんですか」

私が尋ねると、彼女は「そうだね」と頷き、

「クラゲだって半透明でも触れるでしょ。アレみたいなもんだよ」

と少々得意な顔をしながら言うのでした。なるほど分かりやすい例えです。

「まあクラゲは切っても霧にはなりませんけどね」

「…………」

少々野暮《やぼ》な突《つ》っ込《こ》みをしてしまったようです。彼女は苦《にが》い顔をしながらコーヒーに口をつけ、「ま、まあ……とりあえず危険な存在なんだよ」とこぼします。少々頬《ほお》が熱を帯びていました。

ふむふむ。

「ちなみに襲われるとどうなるんです？」わざわざ討伐隊を組むくらいですからそれなりに厄介《やっかい》な特性を持っていることは容易《ようい》に想像できますけど。

すると彼女は「んー」と再び苦い顔。

「その辺りは少し入り組んでいてね、まあざっくり言うと、亡者の種類によって色々と特性が異なるね」

「そうなんですか」

「うん。例えば、被害が小さいものから言えば……触られたところが赤く腫《は》れたり」

「ほうほう。クラゲみたいな感じですね」

「…………うん。あと、触られた直後から徐々《じょじょ》に気分が悪くなったり」

「クラゲと同じ感じですね」

「それと呼吸困難になったり、もしくは昏睡《こんすい》状態になったり」

「それはもう殆《ほとん》どクラゲでは？」

「それから運が悪いと命を落としたり」

「ひょっとして亡者の正体はクラゲでは……？」

「うん一旦《いったん》クラゲから離れようか」

「お顔が赤いですね」刺されました？

「いやきみのせいだよ」

「あらあら」とまあ冗談はこの辺りにしておいて、要約するなら、

「とりあえずそういう存在が常にこの国の安全を脅《おびや》かしていると」

「そしてボクがその危険な存在を駆除《くじょ》するために、この組織を作った。最初に説明した通りにね」

なるほど事情はおおむね把握《はあく》できました。

しかし、

「組織の一番偉《えら》い方がコーヒー休憩《きゅうけい》をしていて大丈夫《だいじょうぶ》ですか？」危険な路上をうろついていたところを救出してもらえるのは有難《ありがた》い話ですけれども。

ほかにも助けるべき相手がたくさんいるのでは？

すると彼女は自信に満ちた顔を浮かべながら、答えるのです。

「それについては大丈夫。まったく問題ないよ。ボクの部下たちはみんな優秀だからね」

窓の外からずどん、と物音が響いたのはその直後です。

びっくりして顔を向けて、目を凝《こ》らすと、街の向こうから空に向けて一筋の光が上がっているのが見えました。

「あれは何です？」と私が指差すと、クラリスさんは、「うん。部下からの救援要請《きゅうえんようせい》だね！」とヤケクソ気味《ぎみ》に言いました。

「なるほどつまり」

「問題があったみたい」

「なるほど」私は頷きます。

彼女はやはりコーヒーを置きながらとてもとても苦い顔を浮かべておりました。

○

クラリスさんの名誉《めいよ》のためにも、私への弁明《べんめい》のためにも一言補足するならば、救援要請があった場所は街の大通りから随分《ずいぶん》と離れた住宅街。クラリスさんが今宵《こよい》担当していた場所とはかけ離れた無関係の住居であった、ということです。

つまりクラリスさんが私と会っていようがいまいが、同じことが起こっていたはずです。

「酷《ひど》い有様《ありさま》だね……」

駆けつけたクラリスさんは、私の横で大いにため息をつきます。

目の前に広がるのは、抉《えぐ》り取られたように壁の一部が剝《は》がれ落ちた一軒家《いっけんや》。住民は幸《さいわ》いなことに無事だったようですが、母親はぼろぼろの家を見上げて呆然《ぼうぜん》と立ち尽《つ》くし、娘は母親に抱き着いて泣いていました。

恐ろしい亡者がつい先ほどまでこの場にはいたのだと、この辺りを担当していた三日月会の職員の男がクラリスさんに語ります。その後ろでは被害に遭《あ》った住居の父親と思《おぼ》しき男性が、彼に対して激《はげ》しく罵倒《ばとう》を繰り返していました。

お前一体何をやっていたんだ。この無能《むのう》。家が崩れたぞ、妻と娘が危険にさらされたぞ。死んだらどうするんだ。何のために三日月会に入ったんだ。

激しく怒《いか》りをぶつける男性でした。他の職員が二人がかりで抑《おさ》えていなければ、恐らく今頃殴《なぐ》り掛かっていたことでしょう。

「クラリス様、大変申し訳ありませ――」

「亡者は仕留《しと》めた?」

慌《あわ》てて頭を下げようとした職員を、クラリスさんは手で制し、尋ねます。

「…………。いえ、実は、逃げられてしまいまして――」

それから職員の男性が語った話によれば、彼の管轄《かんかつ》の路上に現れたのは、まるで脂肪《しぼう》の塊《かたまり》。丸々と肥《こ》え太った身体が路上を這《は》いずっていたそうです。身体は頭だけでも人間の背丈《せたけ》程度。立ち上がれば恐らく街の建物と並ぶほどの体軀《たいく》であることは容易《ようい》に想像できます。

そんな規格外《きかくがい》の亡者を前にして、この職員は欲が出たと話しました。本来ならばすぐに仲間やクラリスさんを呼ぶべきです。一人で対処《たいしょ》できないことは明白でした。しかし、もしも仮にこれを一人で討伐すれば、周りの仲間たち、ひいてはクラリスさんにも認めてもらえるかもしれない――。

「しかし結果はご覧《らん》の通り、というわけだね」

そして住居を壊《こわ》したところで、その亡者は消えてしまったそうです。まるで最初から存在しなかったかのように。

「特徴から考えて『彷徨《さまよ》い亡者』だね」

彷徨い亡者？

と、私は尋ねるわけでもなく彼女の後ろでわずかながらに首をかしげました。彼女からは私の様子は見えていなかったはずですが、彼女はその彷徨い亡者が何たるかを説明してくれました。

「通常の亡者は人の形をしていて、なんとなく行動も読めるんだけどね、稀《まれ》に行動を読むこともできないうえに、姿かたちがおかしい亡者が現れることがあるんだ。この亡者は少し変わっていてね、刺激すれば暴れるうえに、仕留める前に姿を消して逃げることがあるんだ。そういうのを彷徨い亡者と呼んでいる。とても危険な相手だから本来はボク一人で始末《しまつ》することにしていてね、部下が遭遇したら、すぐさまボクに知らせて避難するように指導しているんだけどね」

困ったね、とクラリスさんは極めて冷めた目で、一部崩れた住居を見上げます。「住民の方には結構怒《おこ》られたみたいだね」

というより現在進行形で怒っていますけど。

「……はい」俯く職員さん。

クラリスさんは彼の肩に手を置きながら。

「怒られたくらいでよかったね。死んでしまったら怒ることもできないんだから」

とても冷めた口調で、言いました。「明日からもう来なくていいよ」

君のような能なしがいたら仲間を危険にさらすことになるからね、と。

それから彼女は、呆然と立ち尽くす職員を後目《しりめ》に、住民の一家の元へと歩み寄ります。

彼女はすぐさま跪《ひざまず》きました。

「どうか部下の不始末《ふしまつ》をお許しください。半壊《はんかい》した建物はすぐさま我々が元の状態に戻します。どうかもうしばらくお待ちください――」

誠実な対応に見えました。

不始末への対処《たいしょ》として迅速《じんそく》な対応であるようにも感じられました。

しかし当の住人たちにとって、その様子は耐《た》え難《がた》いものでもあったようです。

「く、クラリス様！　どうか頭を上げてください！」直前まで怒りに支配されていた父親は慌てふためき。

「そ、そうですわ！　わたくしたち、家が壊れたことなんて全然気にしてませんもの！」そして母親はクラリスさんよりも深く深く頭を下げました。

それからの流れはあっという間に過ぎていきました。

謝罪《しゃざい》を済《す》ませたクラリスさんが大きな鎌を振るい、魔法を放ちます。時計の針をぐるぐると巻き戻すように、壊れた家があっという間に元通り。ついでにお詫《わ》びのしるしとして、お金を幾《いく》らか渡しているのも見えました。こんなにたくさん貰えません、と住民が目を丸くするほどの金額がクラリスさんから直々《じきじき》に渡されていました。

「本当に申し訳ありませんでしたクラリス様。どうか――」

今回の不始末を起こした職員さんは、ひと通りクラリスさんが後始末を終えたあとも彼女につきまとい、赦《ゆる》しを乞《こ》いましたが、彼女が解雇《かいこ》を撤回《てっかい》することはありませんでした。

「使えない物をいつまでも手元に置いておく理由なんてないでしょ？」

一切揺《ゆ》らぐことのない笑顔ではっきりと拒絶《きょぜつ》して、彼女は改めて職員の解雇を言い渡しました。

「制服は今日中に返してね」

それは一度の失敗に対しては厳《きび》しい処罰《しょばつ》であるかのようにも、傍目《はため》には見えました。

けれどもきっと仕方のないことなのでしょう。

「ごめんね、イレイナさん。嫌《いや》なものをみせたね」

現場から離れ、大通りを戻りながら、彼女は言いました。「ボクたちの仕事は人の命を背負《せお》っている大事な仕事だからね――妥協《だきょう》することだけは、どうしても許されないんだよ」

事実、たまたま今回は誰も怪我《けが》をすることはありませんでしたが、運が悪ければ親子三名揃《そろ》って命を落としていた可能性も十分に考えられます。

「本当はボクだって仲間を切り捨てたくはないよ。でもね、そうしないと、きっとああいう子はまた同じことをする」

「…………」

「次、同じことがあったとき、今度は彼自身が取り返しのつかない怪我を負うかもしれない。ひょっとしたら死んでしまうかもしれない。そんなことになる前に、別の道を見つけたほうがいいんだよ。人の一生は短いんだから」

「そういう意図で解雇したんですか」

お優しいことで。

「どういう意図で無理やり解雇したと思ったの？」

「てっきり不安の芽《め》を摘《つ》みたかったのかと思いました」

「ははは。それもあるよ」

笑いながら彼女は月を見上げます。

そして彼女はろくに眩《まぶ》しくもない月を見つめながら、ため息をこぼすのでした。

「あーあ。また人手が足りなくなるなぁ」

危険な仕事はどうやら人の入れ替わりがそこそこ激しいようで。

○

残念ながら入国した時点でいかなる宿屋も扉を閉め切っていたせいで、私が寝泊りすることができる場所は皆無《かいむ》でした。

しかしそんなときに救いの手を差し伸べてくれたのがクラリスさん。

「宿、ないでしょ。ボクの家に泊まりなよ」

彼女はあっさり事務所の四階、もとい彼女の住居まで案内しながら、そう提案してくれました。

なんとお優しいことでしょう。まさに渡りに船。断る理由が見当たりません。

「そういえば晩《ばん》ご飯《はん》は？　食べた？　よかったら一緒にどうかな」

そのうえ彼女は四階に通すなり慣れた手つきでお食事を用意してくれました。あらかじめ用意していたシチューを温めて、パンと一緒にテーブルに並べられます。

「……いいんですか？」

至れり尽くせりじゃないですか。

「会話のない夕食は寂しいからね」

私は即座にお言葉に甘えることにしました。というよりそもそも私が返事をするよりも先に彼女が私の分まで用意してくれていたのですけど。

何はともあれそういった流れで私は夕食をいただくことになりました。温かくて美味しいシチューが空腹を満たしてくれます。

ところで美味しい話には裏があるといいます。

「明日仕事手伝ってほしいんだけど」

「…………」

まあまあ食べた頃に彼女は唐突《とうとつ》に私に言いました。

私は、わーどうしようー聞こえなかった振りしようなかーと思いつつしれっと目を逸《そ》らしますが、彼女は「ご存じの通りついさっき人員が減っちゃったからね、手伝ってくれる？」と追い打ちのように尋ねるのでした。

「…………」

いえ、まあ。

なんとなくそんなことだろうとは思っていましたけれども。

「……さすがに食事までいただいておいて断るのは難しいですね」そもそも入国してから今に至るまでお世話しかしてもらっていないわけですし。

「もちろん手伝ってくれれば、その分のお給料は支払うよ」

「お金のことはひとまず別にいいのですけど、結構危ない仕事みたいですし、不安の方が大きいです」

「ははは。もしかしてさっきの『彷徨い亡者』がやった跡《あと》を見て怖気《おじけ》づいちゃった？　大丈夫だよ。あんなの滅多《めった》に出てこないし、そもそもアレは本来ボクが責任をもって一人で仕留めるべき相手だ。キミにやってもらいたいのは、普通の亡者の相手だよ」

「人の形をした半透明の生き物ですか」

「そ。まあ基本的にはクラゲの駆除くらいに思ってやってくれればいいよ。別に魔女なら亡者の一体や二体、普通に倒せるでしょ？」

「……そうですね」

それくらいでしたら、まあ。と私は頷きました。

それから私たちはしばし向き合って食事を摂《と》りました。

夕食を終えたあとはお約束通り彼女のお宅で一夜を過ごすことになりました。お風呂《ふろ》に入って、くつろいで、それからダイニングでしばし二人でくつろぎました。

その折に、寝るまで少し暇《ひま》だからという理由で彼女自身の身の上話を色々と聞かせていただきました。曰くクラリスさんは、亡者を狩るために魔女をやっているそうです。

「亡者がこの国で初めて確認できたのはだいたい三百年前のことだよ。亡者は歴史あるこの国の風習なの」

それがどうして現れるようになったのかは未だにはっきりとした原因が分からないそうです。

恐らく周辺の森の魔力が何らかの影響でこの国そのものに悪影響を及《およ》ぼして亡者が出現するようになったのでしょう。猫《ねこ》が支配した国然《しか》り、物が支配した国然り。森に蔓延《はびこ》る魔力は溢《あふ》れすぎると人間社会にとっての毒となりえるのでしょう。

というような推察を、私はクラリスさんの話の腰《こし》を折りつつ披露《ひろう》して見せました。

その際の彼女の反応がこちら。

「うん。まあボクも大昔に大体同じ結論に至ったよ」

「………………」

曰く彼女は亡者が出てくるようになったのは仕方のないことだと割り切っているそうです。恐らく国の多くの人もそうだろうと彼女は言いました。

正直《しょうじき》に白状《はくじょう》してしまえば、亡者の大半は動きが遅いうえに、大した戦闘能力もないため、その気になれば一般人でも対処することは不可能ではないとも。

実際、亡者が出始めたばかりの頃は、そうやって街の人々は夜の亡者に対応していたそうです。

しかしながら三日月会のような存在がこの国には必要なのだそうです。

「亡者の連中はね、この国で昔生きていた人間そのものの姿をしているんだ」

私が出会った亡者たちも。

そして今宵、街中で処分された亡者たちも。

すべて同様に、この国でかつて生きて、そして死んでいった者たちの姿をしているのだと言います。

「死んだ家族と同じ姿をしていて、触れれば怪我をする。最悪の場合死に至る。街の住民と会わせるにはあまりにも危険な存在だよ」

だから三日月会の面々《めんめん》が、街の人々の目に触れる前に、暗闇に葬《ほうむ》っているのだそうです。

「立派《りっぱ》な 志《こころざし》 ですね」

率直《そっちょく》な感想を述《の》べる私でした。

きっと三百年前からずっと続くこの街の習慣に、街の人々は既に慣《な》れ過ぎてしまっているのでしょう。

夜の街に出歩きたいと思うような人間など、もう一人も残ってはいないどころか、疑問に思うことすらないのです。

「君も明日はボクたちの一員として存分《ぞんぶん》に腕を振るって欲しい」

亡者に怯《おび》える生活がいつまで続くのか。終わりはいつ訪れるのか。

そんなことを考える人も、きっといないのでしょう。夜になれば窓を閉ざすことがこの街の常識なのですから。

果たしてそれはよいことなのでしょうか。それとも嘆《なげ》くべきことなのでしょうか。

私にはよく分かりませんでした。

ただ私は頷くのみです。

「まあ、それなりに頑張《がんば》りますね」

○

翌日はお仕事が夜からあるということで日中は割と暇でした。

クラリスさんは「昼間は好きにしていていいよ」と私に告げてから、「ボクは基本的に日中は仕事で街に出ているから、家は好きに出入りしていていいよ」と、とてもとても軽いノリで私に家の鍵《かぎ》を手渡してきました。

いやいやいやいやいや。

「昨日《きのう》会ったばかりの人間を信頼しすぎでは？」

「キミは悪いことなんてしないでしょ」

「私が昼間の内に金目の物を全部盗んで、あまつさえ三日月会の仕事も放り投げて消える可能性だって十分に考えられますけれども」

「たぶん多少盗まれたくらいじゃあボクも気づかないから大丈夫」

いやそれ全然大丈夫じゃないんですけど。

「お金に執着《しゅうちゃく》ないんですかあなた」

「伊達《だて》に三日月会の一番偉い人をやっていないということだよ」

はあ相当に稼いでおられるようで。

呆《あき》れたような、感心したような、よく分らない感情とともに私がため息をつくと、クラリスさんは付け足すように、

「日中に街に出てみれば分かると思うよ」

と意味深長なことを言いつつ、お仕事に行くために荷物をまとめ、それから、「日中はボクの母がダイニングまで出てくることがあるから、できれば外にいたほうがいいと思う」と遠回しに家の中に長居《ながい》をするなと忠告をしてから、出て行ってしまいました。

「ええー……？」

一体どういうことで？　その場に取り残されながらも首をかしげる私。

そんな私に早く出て行けと急《せ》かすように、寝室の方からどすん、どすん、と壁を叩く物音だけが響きます。

「…………」

ダイニングのテーブルの上には、『食べてください』と書かれた紙切れと、昨日の晩御飯の残りのシチューが、取り残されていました。

クラリスさん自身が豪語《ごうご》したからにはよほどの自信があるのだろうと思ってはいたのですが。

なるほど確かに日中に街に出てみれば、クラリスさんがお金にこだわらない理由というのもなんとなくお察《さっ》しできる部分がありました。

「わあ……」

昨日は夜中で暗かったからか、街の様子をろくに見ていなかったのですが、しかしじっくりと街を観察するとなかなかに凄《すさ》まじいものがありました。

まず街の広場。

『宵闇のヘルベの守護者クラリス様』

などと書かれた像の周りに噴水《ふんすい》が上がっていました。

ただし顔がほぼ別人と言ってもいいくらいの出来栄《できば》えでした。像自体は精巧《せいこう》な代物《しろもの》なのですけれども、お顔の造形《ぞうけい》がいまいちでした。

「全然似てない……」

広場から離れて通りを歩いてみれば、昨夜《さくや》とまったく違う光景が広がっています。

通りの至るところにクラリスさんのお名前が刻《きざ》まれていました。たとえば書店に行ってみれば、新聞記事には近頃のクラリスさんの功績《こうせき》を称《たた》える記事がずらりと並んでいます。

大通りにはクラリスさんを模《も》したお人形や、クラリスさんを描《えが》いた絵画がたくさん売られていました。

どうやら彼女はこの国において英雄的な扱《あつか》いを受けておられるようです。

そもそもよく考えてみれば昨晩《さくばん》、家を修繕《しゅうぜん》してもらった一家とのやり取りからその片鱗《へんりん》は見えていましたね。

「――ああ！　クラリス様だ！」「クラリス様！」「昨晩も助けていただいてありがとうございます！」

通りの向こうから喝采が上がります。

顔を向けてみれば、人だかりがありました。

その中央にはいつものようにクラリスさんの姿。

「ははは。ボクは当然のことをしたまでだよ」

昨日から何度も見ている笑みがそこにはありました。彼女は自らを囲《かこ》う住民の一人ひとりに丁寧《ていねい》に対応していました。

「あのっ、この子を抱いてくれませんか！」と母親が子どもを抱いて詰めよれば、

「ええもちろん」

と彼女は当然のように子どもを抱きかかえて差し上げていました。

「サインください！」

と小さい子どもが紙切れとペンを持ってくれば、

「いいよ」

と頭を撫でてあげたあとで、紙切れに自らの名を刻みました。

「もうすぐ女の子が生まれるんです！」と妊婦《にんぷ》さんが近寄れば、

「では無事に生まれるよう祈らせてもらいますね」と彼女はお腹《なか》を撫でてあげていました。

子どもが、大人が、ご老人が、年齢問わず多くの人が彼女に羨望《せんぼう》のまなざしを向け、一人、また一人と彼女に気に入られようと食べ物やお金を手渡していました。

なるほどこれほどまでに街の人々から憧《あこが》れや施《ほどこ》しを受ければお金なんてどうでもよくなるはずです。そしてこんな彼女の家から盗みを働いた日には地の果てまで街の住人が私を追ってくるに違いありません。

「――あ、イレイナさん。来たね」

彼女の視線が私を捉えました。

直後に街の住民たちの視線が私に集まります。

「……………………」

彼女に集まっていた喝采がすべて消え、沈黙《ちんもく》が訪れます。街の人々は私を値踏《ねぶ》みするように感情のない視線を注《そそ》ぎます。

明確な敵意のようなものは感じられませんでした。しかし直前までの騒《さわ》がしさが何事もなかったかのように消えてなくなってしまうのは単純に不気味でした。

街の人々がなぜ急に黙《だま》り込んでしまったのかが私はよく分からず戸惑《とまど》ったのですけれども。

どうやらクラリスさんの言葉を待っていたようでした。

「皆にも紹介するね。こちらはイレイナさん。今日の亡者討伐に協力してくれる魔女さんだよ。昨日、三日月会から離脱者が出てしまったからね、その穴埋めとして急遽《きゅうきょ》働いてくれることになったんだ」

クラリスさんがそのように私を紹介すると、街の人々は、直後に拍手と喝采で私を迎えます。

「ああ！　そうだったのですか！」「クラリス様に認められるなんてとても素晴《すば》らしい力をお持ちなのね！」「羨《うらや》ましい！」「今朝処分されたあいつは三日月会にあるまじき無能だったからな」「こらこら。消えた奴の話はやめよう」

まるで一斉《いっせい》に『笑いましょう』『喜びましょう』『歓迎しましょう』と示し合わせているかのように彼らは一斉に私を手厚く歓迎します。

「…………」果たしてどんな反応をすればいいのか一瞬《いっしゅん》迷った挙句《あげく》。「……ああ、どうも」

私は愛想《あいそ》笑いを浮かべました。

奇妙な一体感に包《つつ》まれた空間で人々が手を叩き私やクラリスさんを褒め称える声が響く度《たび》に。

びりびりと私の肌がひりついてゆくのを、確かに感じました。

「…………」

そして、その向こうには、相変わらず笑みを浮かべ続ける、クラリスさんの姿がありました。

街にあるものすべてに違和感が紛《まぎ》れ込んでいるように見えました。

まるで街のすべてがクラリスさんをもてはやすように存在しているかのよう。街のどこに行って

も クラリスさんを賞賛《しょうさん》する声ばかり私の耳には入りました。

小さい子どもはクラリスさんのようになりたいと将来の夢を語り、十代の若い世代の男女はより具体的に、「三日月会に入ってクラリス様の役に立ちたい」と目標を掲《かか》げていました。街を半日回っただけでも、そんな光景を何度も目にしました。

そして誰もその夢や目標を笑うことはありません。

そうすることが当然であるかのように、周囲の人々は夢追う少年少女の背中を押します。

街の人々にとっての脅威《きょうい》は亡者だけ。

そして、亡者から街を守るクラリス様は、唯一無二《ゆいいつむに》の信仰対象なのでしょうか。

「……なんだか疲《つか》れる街ですね」

結局。

私は昼過ぎには三日月会の事務所兼クラリスさんのご実家まで戻ってきてしまっていました。

四階に上がり、鍵を開けます。

夜には仕事が始まりますし、それまで仮眠でもしましょうか?

あんな一体感の街の人々を落胆《らくたん》させたら何をされるか分かったものではありませんし——。

などと思いながら部屋の鍵を開けた私は、しかし直後に一つ思い出したことがありました。

——日中はボクの母がダイニングまで出てくることがあるから、できれば外にいたほうがいいと思う。

そういえばクラリスさんは朝、家を出る際、そんなことを言っていましたね。

「…………」

キッチンで一人の女性が、野菜を切っていました。

クラリスさんよりも幾分《いくぶん》か濃《こ》い青の髪を頭の後ろにまとめている、四十代程度の女性でした。彼女は生気《せいき》のない視線を私に向けると、

「……こんにちは」

とご挨拶《あいさつ》。

「……どうも」

とりあえず程度に私はその場で首《こうべ》を垂《た》れるに至りました。

なるほどさてはこの国に落ち着く場所はどこにもありませんね？

○

私の記憶が正しければクラリスさんはお母様のぶんの食事を用意していたはずでしたけれども。

しかしどうやらお昼はシチューの気分ではないのでしょうか。テーブルにシチューと置き手紙を放置したまま、彼女は野菜を簡単に切っただけのサラダをもそもそと食しておりました。

「あなたはイレイナさんね」

座ったら、と彼女は私を促します。ああどうもと私は座りつつも、しかしなぜ彼女が私の名を知っているのかが気になりました。しかし私から尋ねるよりも先に彼女は口を開き、

「クラリスが昨日、扉越しに話していたわ。あなたが昨日から泊っているって」

と言いながらサラダを口に運びました。

食事を食べても相変わらず目には生気がありませんが、まともな会話が成立する方のようです。

私は少しほっとしました。

「クラリスは私のこと、何か言っていた？」

彼女はふいに私に尋ねます。

私はすぐさま首を振りました。

「いいえ」

むしろ語ることを避《さ》けていたような様子すらありましたね。

私が答えると彼女は「そう」とだけ頷きました。

「お身体、どこか悪いんですか？」少なくとも人との接触を避けて室内に篭《こも》っている理由として考えられるのが病気でしょう。

しかし彼女は軽く首を振ります。

「身体は健康そのものよ。別にどこかを痛めて外出できないわけじゃないわ」

「…………」

「まあ精神面が不安定なのは——昨日からここにいるのなら、分かるわよね」

ご自分でそれを言いますか。

まあ確かに壁越しに声や物音を聞いた限りではとんでもないモンスターでも飼っているのかとす

ら思ったほどでしたけれども。

しかし直接顔を合わせてみればごく普通の女性でした。

「私の精神が不安定なのに加えて、クラリス含《ふく》め街の人たちから壊れた人間だと思われているから、私の言動の一つひとつが余計におかしな目で見られるの。だから家から出られないのよ」

淡々《たんたん》と語る彼女。私がその言葉の意味を尋ねるよりも先に、彼女は「街にはもう行ってきたのよね」と首をかしげます。

「……そうですね。行ってきました」

「どうだった？」

「…………」

沈黙《ちんもく》する私に、彼女は顔を上げます。

「気持ちの悪い街だったでしょう」

夜も、昼も、住民も、クラリスも、気持ちが悪かったでしょう。と彼女は語りました。

この街の夜は亡者がうろつき、街の人々は一様に窓を閉ざし。

この街の昼は人々が一様にクラリスさんを称えるためだけに日々を過ごし。逆らう者は容赦《ようしゃ》なく排除《はいじょ》する。

そんな街の情景《じょうけい》には言いようのない違和感だけが蔓延《まんえん》していて、その違和感をはっきりと言葉に言い表すのであれば、確かに、

「そうですね、少し」

気持ちの悪い街だったといえます。

まるで街のすべてがクラリスさんのためにだけ存在しているかのよう。

「昔はこんな国じゃなかったそうよ――少なくとも百年くらい前の大昔には、まだ亡者やクラリスに対して色々な意見を持った人間が少なからずいたそうよ。クラリスや三日月会を拒絶するような声も一定数あった」

「…………？」

大昔には、一定数いた？

「でも、時間と共にまともな人から順番にこの街から去《さ》っていった。残ったのは逃げる勇気も気力も失って、クラリスにすがりつくことだけが生きがいの傀儡《くぐつ》ばかり。昼と夜に街をうろついている人間のどちらが亡者なのか、私にはもう区別がつかないわ。あの女は長い時間をかけてこの国の昼と夜を支配したの」

「…………？」はて、一体何を言っているのでしょう。「あの……？　その言い方ですとクラリスさんがずっと前から生きている、ということになりますけれども……？」

何を言っているんです？　という意図を込めて私が首をかしげると、同様に彼女も何をいっているの？　と言いたげに首をかしげます。

「……？　知らないの？」

「何がですか？」

「クラリスは三百年前からこの国で生きているのよ」

「…………」それは、つまり。ひょっとして。「不老不死《ふろうふし》ということですか」

ということはそのお母様であるあなたも不老不死ということですか。

「いえ、それは違うわ」

彼女曰く、厳密に言えば。

クラリスさんは不老不死ではなく、怪我もするし年もとる普通の人間であるといいます。

であるならばどうして三百年前から生きながらえることができているのか。

意味の分からない謎かけのような問題にクラリスさんのお母様が語った答えは単純明快《たんじゅんめいかい》でした。

曰く。

「転生《てんせい》という言葉をご存じ？」

クラリスさんは、三百年前から、何度も死んでは生まれ直しているのだと、彼女は教えてくれました。

○

これは宵闇のヘルベに伝わる伝記。

クラリスさん自身が綴《つづ》る、この国の物語。

事の始まりは三百年ほど前まで遡《さかのぼ》ります。あるところに一人の魔法使いがおりました。名前はクラリス。お母様と二人で暮らす彼女は、深く愛されながら、ごく普通に暮らしていました。

彼女の運命が変わったのは、彼女が十歳のとある日のこと。

きっと宵闇のヘルベに暮らす多くの民にとっても、恐らく運命を変えた一日だったことでしょう。

その日、陽が沈《しず》んだ頃。

亡者が現れたのです。

この国に最も古く現れた亡者たちは、現在もなお夜に現れる一般的な亡者たちと同様に、肌は全身から血を抜きさったように白く、顔には見るからに意識と呼べるものがありません。

そして彼らは一見意味のないような単語を繰り返し呟きながら、街を徘徊するのです。

生きた人間でないことは見るからに明らかでした。街の人々もひと目見た瞬間に、この国でかつて死んだ者たちであることを理解しました。

理解はしましたが、大半の住民の反応が今とは真逆《まぎゃく》だったそうです。

「奇跡《きせき》だ！　死者の国から我らの仲間が大挙《たいきょ》して帰ってきたのだ！」

彼らは行進する死者たちを諸手《もろて》を上げてもてなしたのです。

病気で失った父に抱きつき。事故で失った恋人に寄り添《よそ》い。仲の良かった兄弟に、戦いで散った仲間に、喧嘩《けんか》別れしたまま離れてしまった友人に。

彼らは再会を喜《よろこ》びました。

しかし亡者は触れれば肌は爛《ただ》れ、意識を奪われ、最悪の場合、死に至る特性を持っています。伝記の中で、これらの特性は人の命を吸い取っているのだと推察《すいさつ》されていました。

結果、亡者が初めて出た夜。

多くの国民が、命を失いました。

クラリスさんのお母様も同じでした。

優しいお母さんに魔法を教えてもらっていたときのことです。家の扉がコン、コン、と叩かれました。一体何事でしょう？　来客でしょうか？　クラリスさんは特に疑いもせずに扉を開きました。

「……どなた？」

そこには見知らぬ半透明の男性が立っていたそうです。

首をかしげるクラリスさん。

「あなた――」

それはクラリスさんのお母様のお知り合いだったようで。

お母様は、クラリスさんの肩に触れて扉の前から退《ど》かすと、そのまま扉の向こうの男性に抱きつきました。

「……？　お母さん？」母の突飛《とっぴ》な行動に、クラリスさんは当惑《とうわく》しました。

そんな彼女に、お母様は涙《なみだ》ながらに語るのです。

「この人はね、あなたのお父さんよ」

ずうっと前に、あなたを産んだ頃に亡くなった、お父さん。それが今、どういうわけか目の前に立っているのだと言います。

クラリスさんは当然、なおさら困惑しました。死んだはずの人間がどうして目の前に立っているのか。

そもそも。

『うああああ……お前が、お前が、お前……』

うわごとのようにわけの分からない言葉を呟いている半透明の男を、本当に父親と呼んでいいものなのでしょうか。

クラリスさんは、ただただその光景に拭《ぬぐ》いきれない違和感を感じていました。

「嬉《うれ》しいわ……。私のところに、帰ってきてくれたのね――」

強く抱きつく母親の背中に、違和感を感じていました。

母親は久々《ひさびさ》の再会に泣いているのでしょうか。嗚咽《おえつ》が漏《も》れ、肩《かた》が震《ふる》え――しかしやがて腕が、足が、痙攣《けいれん》するように震え、ひどく咳《せ》き込み始めました。

「――が、はっ！　ああ、あああああああああ……あう、あああ……！」

ぼたぼたと、半透明の男の背中を伝って赤黒い液体がぼたぼたと地面に落ちました。まるで水に溺《おぼ》れたようにごぼごぼと声にならない声が母親の口から漏れ、やがて膝《ひざ》が崩《くず》れ、彼女の母親は半透明の父親のような何かに押し倒されるかたちで倒れました。

それから母親が動くことは、ありませんでした。

赤黒いものが、口や鼻からこぼれるばかり。

「……お母さん？」

そこから先のことは、ほとんど覚えていないと伝記には綴られていました。

徐々《じょじょ》に亡者たちの正体に気づき始めた街の人々によって、その日出現した亡者たちは一つずつ切り裂かれていきました。善良な市民たちは、それから街を巡回して、被害者を減らすために、亡者の正体は帰ってきた仲間なんかじゃないと忠告して回りました。

呆然と母親の遺体を見下ろしていた彼女も、そのうちの一人に助けられたそうです。

お母様は残念ながら、その時にはもう、息絶《いきた》えていたそうです。

クラリスさんは酷く悲しみました。

そして彼女は、自らに誓いました。

もう二度と家族を失うような人間を出してはいけないと——。

「そうしてクラリスは自らの魔法技術を磨《みが》いて、三日月の魔女と呼ばれるようになった。彼女が三日月会を設立して国の治安維持と亡者の討伐を始めたのはその頃からよ」

つまりは三百年ほど前から。

彼女は亡者と戦い続けていることになります。

「母親を殺された恨みを晴らすためですか？」

「それもあるし、別の理由もあるそうよ」

嫌《きら》っている割によくご存じなことで——いえ、彼女もこの国の人間である以上、クラリスさんの事情は最低限知り得ているのでしょう。「彼女の最終的な目的は亡者がこの国から二度と出なくなるようにすることだそうよ」

しかし亡者が死人を元に形作られた人ならざる者であるならば。

つまり亡者は人がこの国に生きる限り永遠に夜に現れることを意味します。

「けれど亡者が二度と出ないようにするためには、たった一回の生涯《しょうがい》では時間が足りなかった。年老いても彼女は自らの願いを叶《かな》えることができなかった」

結局、それから彼女は、三日月会という組織を残し、多くの人に惜《お》しまれながら、老衰《ろうすい》で息を引き取りました。

かのように、思われました。

「ところがクラリスの死後から五年後、クラリスを名乗る少女が三日月会を訪れたの」

生涯をかけて国の夜を守り続けた彼女に憧れるような子どもは多かったそうで、そのとき対応した大人たちも、最初はいたずら好きの子どもが冗談を言っているのだと思い込んでいました。

ところがその少女は、三日月会で働く者たちの秘密《ひみつ》を次から次へと暴露《ばくろ》していったのです。お金の話や、従業員の失敗談。それからクラリスさんが使っていた金庫の暗証番号。クラリスさんしか知り得ないような情報の数々を、彼女は明かして見せました。

そのうえで彼女は杖《つえ》を目の前で振って見せたのです。

そして放たれたのは、まさに長年にわたって亡者を屠《ほふ》るためにクラリスさんが使っていた魔法の数々。懐《なつ》かしい光景でした。同時に、五歳の少女が使うにはあまりにも高度な魔法の数々でした。

三日月会の面々は、奇跡が起きたのだと思いました。

そして五歳になったばかりの少女を、三日月会へと迎え入れたのです。

それから数十年が経《た》った頃。また同じくクラリスさんが亡くなると、数年後にはクラリスを名乗る少女が現れるようになりました。

まさに奇跡です。

何度でも、何度でも、クラリスさんは亡者たちを葬るために地上へと戻ってくるのです。

宵闇のヘルべの人々は、何度も蘇る彼女を称えました。彼女こそがこの国を守る守護者であると崇《あが》めるようになりました。

街の人々はやがて、クラリスさんの死期《しき》が近づくと、浮足立《うきあしだ》つようになりました。

次は誰の子がクラリスさんになるのか。誰が国を救う英雄の親になるのか。国の人々は、彼女の死と誕生を心待ちにするようになりました。

「私がこの国にやって来たのは、十八歳の頃だった」

今のクラリスさんのお母様は、思い出話を語ります。「当時付き合っていた彼がこの国の出身の人でね、どうしても地元でやりたい仕事があるから、ついてきて欲しいって、頼まれたのよ」

彼を深く愛していた彼女は、二つ返事で彼について行きました。

それから彼女と彼が結婚をして、子どもを身ごもったのが、四年後の話。

彼が仕事中に亡くなったのは、それから更に半年後の話。

「彼はこの国の民を守るために、命をかけて亡者と戦い、我々に勝利をもたらしてくれました。彼がいなければ、恐らく被害は甚大《じんだい》なものになっていたことでしょう――」

彼の葬儀《そうぎ》には三日月の魔女が参列しました。

彼は三日月会の一員でした。亡者との交戦中に、その命を散らしてしまったのだと聞かされました。

恨《うら》むような気にもなれませんでした。

当時クラリスさんはもう八十にもなるおばあさん。それに、街の人々にとってクラリスさんがどのような人物であるのかは、たった数年の生活でも嫌というほど知っています。

「どうか、貴女《あなた》と、お腹のお子様に祝福《しゅくふく》があらんことを」

クラリスさんが跪き、彼女のお腹に触れます。

呆然と彼女はクラリスさんを見下ろします。三日月会の面々はその光景に涙を流して拍手していました。棺《ひつぎ》に入れられた彼女の夫が地面に埋められても泣かなかったのに。

気持ちが悪くて、おぞましいと思いました。

それでも国から出なかったのは、そこが大好きな彼の生まれ故郷《こきょう》だからです。彼との思い出の数々が、国に残されているからです。

彼の死後、半年後。

彼女は子どもを出産《しゅっさん》しました。

その日は奇《く》しくも、クラリスさんの命日《めいにち》でした。

「…………」

そこから先のことは詳しく聞かずとも察しが付くというものです。「生まれて来た子が彼女だったというわけですか」

「ええ」

クラリスさんはこれまで通り、新たな生を受けたのです。

街の人々は、クラリスさんの母親となった彼女を羨み、祝福しました。

「おめでとう！」「あなたは英雄の母親よ！」「羨ましいわ！」

クラリスさんの母親だからという理由で、毎日のように玄関《げんかん》には採《と》れたての野菜《やさい》や果物《くだもの》が届けられ、ひとたび街に出れば街の人々はたくさんの拍手と笑顔で迎えます。

昨日は夕食を食べていなかったけれど、ちゃんと食べないと駄目《だめ》だよ。

昨日は家でため息をついていたね。何か心配事でもあるの？

昨日は夜更《よふ》かししていたね。ちゃんと早めに寝ないと駄目だよ。

困っていることがあったら何でも言ってね！

クラリス様の母親になったのだから、もうこれから先の人生を何も心配しなくていいよ！

街の人々は、きっと善意《ぜんい》で言っているのでしょう。

けれど彼女は街の人々の笑顔が、おぞましい物のように感じられました。夜に街を徘徊する亡者たちよりも、よほど。

「――お母さん、今日からこの家を引き払って三日月会の建物の四階に住みましょう」

クラリスさんが三歳になったある日、当然のように彼女はそのように提案し、家を引き払わされました。

そうして今の家に住み始めました。

クラリスさんはそれからすくすくと育っていきました。見た目は子ども。けれどもその中身は三百年ほど生きている魔女。国のことを知り尽くし、魔法のことも当然のように知り尽くしていました。

社会のルールにのっとって、魔女になるために資格試験を受けました。五歳の時の話です。彼女は当然のように一発で合格。それから適当に師匠を見繕《みつくろ》って、三日月の魔女となって戻ってきました。

彼女は何でも知っていました。

日常生活で少しでも分からないことがあれば、何もかも知っている風な口ぶりで指摘をされました。いえ実際に何もかも知っているのですけれども。言い合いになったら敵《かな》わないと早々《そうそう》に察して彼女はクラリスさんに何も言わなくなりました。

クラリスさんは他国との外交にも口を出しました。たかだか五歳が何を言っているのだと相手があざ笑えば自らの力を誇示《こじ》して実力で黙らせ、仮に他国が侵略をしてこようものなら彼女が先頭に立って徹底的に叩きのめしました。

やがて諸外国からは神の子と呼ばれるようになりました。

そして国内からは、国を守る英雄と呼ばれました。

彼女はそんな神の子であり、英雄を育てる一人の母。

人々からは羨望のまなざしだけを向けられました。

そんな日々を彼女を送りました。

夫が死に、生まれてきた子どもは、何もかもできる天才だったのです。けれど、

「私が生んだのは彼との子どもなのに。彼との子どもの顔をした別の何かが、私の娘の振りをして

喋《しゃべ》っていた」彼女は言いました。

何より、夫が死んだ原因でもあるクラリスさんが自らの子となり生まれてきたことが、彼女にとっては耐え難かったのかもしれません。

ゆえに彼女は、呟くのです。

「本当に気持ちが悪いわ」

○

夕方。

「イレイナさん。昨日ぶりだね」

家に戻ってきたクラリスさんはひらひらと手を振りながら私にご挨拶。

既にお母様は部屋に戻っており、ダイニングには私一人きり。

「昨日ぶりというより、まあ、昼頃も会いましたけど」

「あれはボクのよそいきの顔だからね、本当のボクのお顔じゃないのさ」

「そんな風には見えませんでしたが」

「ボクは演技が上手《うま》いんだよ」

なるほど彼女基準では昼間は会ったうちに入らないとのことで。まあ彼女のよく分からないこだわりはさておき。

「街の人々に随分と信頼されているみたいですね」

「信頼というよりもはや信仰に近いけどね」呆れたように彼女は肩をすくめます。「ボクのことはもう誰かから聞いた？」

「あなたのこと、ですか」

はて。何でしょう？　ひょっとして。「私と同年代に見えて実はまあまあ若作りしているというお話ですか？」

「うんもう知っているみたいだね」

彼女自身、べつに隠しているつもりはなかったのでしょう。実際街に一日でもいて誰かと話しさえすれば分かる話ですし。

まあ多少後ろめたいという気持ちも分からなくはありません。

「一応言っておきますが、私も旅をしてきたなかで長い長い年月生き続けている人は何度か見ていますし、お話したこともあります」

ですから別に気にしませんよ、と私は言いました。

「それはよかった」

安堵《あんど》のため息を漏らすクラリスさん。

おやおやしおらしいですね。

「案外《あんがい》気にするんですね、そういうの」

意外です、と私。

彼女は首を振りました。

「いや気にするタイプの人間だったら街の子たちから狙われそうだったから、聞いただけ」

「…………」

そっちですか。


夜が訪れると同時に私たちは路上に出ました。

私の管轄として指定されたのは、昨日彷徨い亡者が出た地区。クラリスさんはそのお隣を担当することになりました。

彷徨い亡者はいつどこに出るかまったくの不明であるようなのですけれども、一度出た場所の近くに出やすいのだとか。

「恐らく今宵は亡者が大量に発生するだろうからね、一番キツいところをボクとイレイナさんで担当することとしよう。彷徨い亡者が出たらボクに知らせてね。すぐにボク一人で対処するから」

人気《ひとけ》がなくなり、しんと静まり返った街に、淡い明かりが灯り始めます。

「おやおや買いかぶられてしまったものですね」というか。「よく分かりますね、亡者が多いとか少ないとか」

「この道三百年のベテランだからね」

クラリスさん曰く、亡者が大量発生する日はある程度推測ができるそうです。

大抵《たいてい》、亡者が大量発生するときは決まって彷徨い亡者が現れる日です。彷徨い亡者は滅多に出ることがなく、多くの場合、月が欠けている日や、空が曇っている日、それから雨の日――要は月の明かりが弱い日に出やすいそうです。

そして今宵は、三日月。

そして昨日、彷徨い亡者を仕留めそこなっています。

恐らく今日も彷徨い亡者が出るとのことで。

「今までの経験でいえば、今宵は厳しい戦いになるだろうね」

「嫌な予測ですね」

「でも事実だからね。仕方ない」

彼女は言いながら大きな大きな鎌を取り出します。くるりと振るう度に、弱々しく月明かりに照らされて刃が光ります。

「今日は誰も死なないように頑張ろう」

彼女は決意に満ちた瞳で、私にそう言いました。

私はそんな彼女に何も答えることなく、杖を取り出し、構えました。

そして静まり返った宵闇のヘルベに、亡者が現れ始めるのでした。

○

昨日は振り返ったら既に出現していましたから、実際に亡者が現れる瞬間というものを目撃したのはこれが初めてのことになります。

通りに最初に現れた変化は、空気でした。

急激に冷え込み、ぞわぞわと私の背中に悪寒《おかん》が走ります。それから路上に青白い光が音もなく渦《うず》を巻きながら集まり始めました。小さな渦は一つ、二つ、三つ、四つ……ぽつりぽつりと数を増やしていきます。

それらの渦一つひとつが、亡者でした。

渦がやがて人の形へと変わると、昨日と同じように、『あああ……』『ううう……』と言葉にならない言葉を漏らし始めます。

「なるほど」

一通り観察をしたところで、私は杖を振るいました。

昨日のクラリスさん曰く、物理攻撃が有効とのことでしたし。

「おりゃ」

私は魔力をそのまま杖の先から放出しました。とりあえず風穴《かざあな》でも開けて置けばいいでしょう。

私の目の前に現れた亡者たちにそれぞれ一撃ずつ、浴びせました。

ところが。

『うあああ……』

私が放った魔力の塊《かたまり》は綺麗《きれい》さっぱり亡者たちの身体の中に吸い込まれていきました。

ふむふむなるほど。

「すみません全然効いてないみたいなんですけど」

私は背後で鎌を振り回して亡者を切り刻んでいるクラリスさんを睨みました。ちょっとー。どうなってんですかー？　と。

「あ、ごめん。物理攻撃は効くんだけど、魔力そのままぶつけても効果ないから気を付けて」

「そういうの先に言って欲しかったです」

「今言ったから許して」

ごめんねー！　と亡者の首を跳ね飛ばしながらわりと軽めに謝るクラリスさん。なるほど魔法で直接攻撃をするよりも、確かに鎌のような物理的にダメージを与えられる物を用いたほうが確かに安全なのかもしれません。

というわけで改めて。

「おりゃー」

私は魔法で剣《けん》を二本生み出し、それを杖で操りぶんぶんと振り回しました。彼女の口ぶりから察するに要は魔力でなければ何でも亡者には攻撃が通るようです。

魔法使いにとっては少々戦いづらい相手かもしれませんね。

対策方法さえ分かってしまえば大したことはありませんけれども。

「どう？　順調？」

背中の向こうから声がします。

視線を送ってみるとクラリスさんが鎌に風をまとわせて振り回し、遠くの亡者までまとめて切り刻んでいました。さすが三百歳の大ベテランといったところでしょうか。

「武器を振り回しているだけで倒せるのですから、まあ今のところは楽ですね」

一方で私は剣の柄《つか》と柄をくっつけてくるくると空中で回転させていました。斬撃《ざんげき》に巻き込まれて亡者たちの身体がばらけていきます。

『家に、家に帰――』『どうして俺《おれ》が、こんな――』『いや、嫌――』

うわごとのような言葉もまとめて切り裂きながら。

切っても、切っても、次から次へと路上に渦が巻かれ、亡者が再び現れます。

三日月の今宵は確かに亡者の数が多いようで。

「きりがないですね……」

ため息がこぼれてしまいます。

魔力的な消耗はまだないとしても、相手は少しでもこちらに触れただけで大小さまざまな害を及ぼす危険な何か。油断はできませんね。

「全然終わりが見えないねー」

ははは。と彼女は笑いながら、私の愚痴《ぐち》に答えました。

その笑いは乾《かわ》いて聞こえました。今宵だけの話のようには聞こえませんでした。三百年間、ずっと同じように亡者を狩り続けている彼女の本音に、私には聞こえました。

私は彼女の言葉を、思い出します。

夕方、ここに来る直前。

彼女が語った言葉です。

「――本当はね、もう終わらせたいんだよ」

ため息交じりに、それでも笑いながら、彼女はぽつりと呟いていました。

○

クラリスさんがまだ小さい頃、彼女のお母さんはとても優しくて、いい人でした。

「あなたは私の宝よ」

いつもそんな風に笑って、お母さんは彼女の髪を優しく撫でてくれました。彼女はお母さんが大好きでした。

お母さんさえいれば、他には何もいらないとさえ思っていました。

しかし彼女の日常は、十歳の頃に、崩《くず》れることになります。

「多分ご存じだよね、ボクの人生がどうなったのかは」

自宅に戻ってきたばかりの彼女は、大きく息を吐《は》きながらソファに座り、私に言いました。「お母さんがね、目の前で死んだんだ」

ついさっきここで聞きました、とは言いませんでした。

ただ私は黙って、彼女の言葉を待ちます。

今の、お母様から聞いていて、まるで理解できなかった部分があります。

転生。

生まれ変わり、生きながらえ続ける彼女。

それが彼女自身の意思によるものなのか、それともまるで呪《のろ》いのように、死ぬ度に再び新しい生を与えられてしまうのか。

彼女はそのどちらなのかが、分かりませんでした。

「ボクにとっての一番の後悔は、お母さんを見殺しにしてしまったことだった」

それから彼女が語るのは、三百年前の話。

伝記にも綴られていない真実でした。


それは恐らく、国を守る守護者である彼女が誰にも明かすことのできない真実の物語でしょう。

昔、彼女が母親を亡くしたばかりの頃。

彼女は唯一の肉親を自身から奪《うば》った亡者に対して復讐心《ふくしゅうしん》を募《つの》らせました。

どうすればこの気持ちを晴《は》らすことができるでしょうか。どうすれば亡者たちをこの世からなくすことができるでしょうか。

十歳になったばかりの彼女は、それから日々鍛錬《たんれん》を繰り返しました。毎日のように、毎日のように、亡者を狩り続けました。

けれど気持ちが晴れることはありませんでした。

どんなことをやっても、目の前で亡くなった母親は帰ってこないのです。それでもいつか気が晴れる日を夢見て、彼女は毎日のように、亡者を狩り続けました。

やがて彼女と同じような志を持つ者たちが、集まるようになりました。

やがてその集団は三日月会と呼ばれるようになります。

気づけば彼女は十五歳になっていました。

終わりの見えない戦いの日々の中で、いつも思い浮かべるのは、優しかった母親の姿。無残《むざん》な最期《さいご》。あんなものを二度と住民の前に出すわけにはいかないという義務感でした。

しかし亡者とはいわば死人が地上に再び舞い戻ることであり。そしてつまり人が死ぬ度に亡者は出続けるということに他なりません。

そしてかつて目の前で死んだ彼女の母親もまた、再び現れる可能性があるということです。

『ああ……うう……』

その日もクラリスさんはいつも通り、亡者を討伐していました。

いつものように、路上に現れる半透明の者を、鎌で切り裂いていました。

「――え」

単純作業を繰り返すような日々の中で、鎌を振るう手が、その日は止まりました。

路上で他の亡者たちと同じように、言葉にならないような言葉を口から漏らし続けている者の姿に、彼女は見覚えがあったのです。

それは五年ほど前に失った母親の姿。

目の前で死んだ時のままの姿で、母親は現れました。

「…………」

クラリスさんは、鎌を構えます。

本音を言えば、母親の姿を前に決意が揺《ゆ》らぎかけました。手に迷いが生じました。

しかしどんな姿をしていようと亡者は亡者なのです。ここで始末しなければ、きっとどこかで人を襲い、それがまた新たな亡者を産むきっかけになるでしょう。

優しさや甘さは、終わらない連鎖《れんさ》に拍車《はくしゃ》をかけるだけです。

だから彼女は杖を握り、一気に距離を詰め。

そして鎌を、振り下ろしました。

ばしゅっ、と切り裂かれた亡者の身体が、砕けます。

『あああ……うう……』

身体の一つひとつが、形を失い、崩れてゆきます。腕や、足が、霧のように消えてゆきました。

そして頭がふわりと宙に浮きます。

『ああ――クラリス』

「お母さん――」

ごめんね、とクラリスさんは、呟きました。

『クラリス、クラリス――』

宙を舞い崩れてゆく母親の顔が、クラリスさんを見下ろしました。

そして。

母親は言うのです。

優しかったお母さんは、いつもお勉強を教えてくれたお母さんの亡骸《なきがら》は、彼女に語り掛けるのです。

『産まれてこなければよかったのに』

その言葉に、最初は自らの耳を疑《うたが》いました。

けれど顔を上げたクラリスさんに、母親だったものは、繰り返し言うのです。『お前さえ生まれてこなければ！　私は彼と一緒にいられたのに！』何度も何度も、叫びます。『お前さえいなければ！　お前なんて生まれてこなければよかったのに！　お前が！　お前がいなければ！　私は自由だったのに！』

夢を見ているのでしょうか。

大好きだったお母さんがあんなひどいことを言うわけがありません。きっと亡者になったことで、人でない者になったことで、心にもないことを吐いてしまうようになったのです。

「お母さんを助けてあげなきゃ――」

気がつけば、クラリスさんはそのように呟いていたと言います。

彼女が亡者の研究を始めたのはそれからです。

まず最初に亡者の生態《せいたい》を調べました。

「亡者とはすなわち人の強い意の集合体だよ」

彼女は私に教えてくれました。「死の直前に人は何を考えると思う？　首を吊《つ》った者はきっと息苦しいとか、息がしたいとか、そんなことを考えるだろう。刺されて死んだ者は痛い痛いと泣いているだろう。人の死によって、最後の瞬間に焼き付く意識は異なるはずだ」

「…………それはまあ、そうでしょうね」

「ボクの研究成果によれば、亡者の正体は人の意識と魔力だけで構成されている」

…………。

「その理論が正しければ、お母様は――」

あなたを恨んでいたことになりませんか？　と尋ねようとしたところで、彼女が首を振りました。

「キミは首を吊って死んだ人間が毎日四六時中息が苦しいと考え続けていると思うのか？」

彼女は淡々と語ります。「連中は一人分の人間のサイズをしていながら中身は意識の一部しか詰め込まれていないんだ。空っぽなの。意味の分からない単語を繰り返し呟く亡者が多いのはそのせいさ」

そして研究成果が出た頃にもう一つ明らかになったことがありました。

数年間の間に、同じ姿をした亡者が複数回、街を徘徊していたのです。

誰一人として亡者の研究をしようと思い至る人間などいなかったせいか、その事実が見つかったのはクラリスさんが調べ始めたあとになってのことでした。

しかしその事実は一つの真実も指し示しています。

「まだボクのお母さんの意識の欠片《かけら》は、この国を漂《ただよ》っている」

だから彼女は自らの命が続く限り、亡者を狩り続けました。

狩りながら考えていたことがあるのです。

「ひょっとしたら、お母さんの意識を欠片をかき集めることができたら、お母さんは帰ってくるんじゃないかって」

亡者を狩り続けては、母親の痕跡《こんせき》を辿る日々でした。

しかし人の一生は、短いものです。

母親の意識を集めきるよりも前に、彼女の寿命《じゅみょう》が差し迫ってしまいました。気がつけば六十歳。彼女自身の死も近づいてきていました。

夢半《なか》ばで命が尽きかけたとき、彼女はふいに思いました。

亡者とは膨大《ぼうだい》な魔力と、息絶《いきた》えた人の意識の名残が大気中を漂い、合わさることでなるもの。

これらの事象は、つまり人が、死してなおも地上に留まることができるという事実を表しています。

もしも、仮に、自らの意識を生きた人間に移植した場合、どうなるのでしょうか。

死してなおも、彼女は生きながらえることはできるのでしょうか——。

「ボクが転生を試みたのは、そのときだった」

クラリスさんが年老いた頃には、既に彼女の地位は揺《ゆ》るがないものになっていました。彼女が右と言えば右。黒と言えば黒。何もかも彼女に従うような人間など両手では数えきれないほどいたそうです。

そのうちの一人が、子どもを身ごもりました。

クラリスさんは、誰に相談することもなく、その女性のお腹に自らの意識の一部を移しておきました。

その結果がどうなったのかは伝記の通りです。

五歳にして彼女は三日月会を訪れ、生まれ変わったことを告げました。

それから何度も何度も、同じことを繰り返しました。彼女にとって転生自体は容易《たやす》いものであったようです。

お腹の子どもに意識の一部を移植するためには、直接お腹に触れなければなりません。

しかし、宵闇のヘルベには、彼女にお腹を触らせてくれる妊婦さんがたくさんいましたから。

「最初の内は、そうして転生を繰り返すことで、お母さんの意識の欠片を集められると思っていた」

そうして何度も転生を繰り返すうちに、彼女は次第《しだい》に存在そのものを賞賛されるようになっていきました。

転生をすればするほど、誰もが彼女の存在に歓喜《かんき》しました。彼女が生まれて、自らの名をクラリスと名乗ると、両親となった二人は両手を挙げて喜《よろこ》びました。

クラリス様が娘になったと、大喜びしました。どうかこの国をまた救ってくださいと笑顔で頼まれました。

彼女はそうして人々に頼られることが嬉《うれ》しくなりました。

いつからでしょう。

彼女は夜の街で、最初の母親の姿を探さなくなりました。

いいえ、

「母親がどんな顔だったのか、ボクはいつの間にか忘れてしまったよ――」

一体自身が何のために転生を繰り返していたのかすら曖昧でした。本当は母親をもう一度この世に呼び戻すためにしていた努力だったはずなのに。

今はもう、自らを賞賛する者しか残っていない宵闇のヘルベで、彼女は愛想を振りまく毎日を送り続けていました。

彼女に都合《つごう》のよい笑顔を浮かべる人ばかりに囲まれる日々の中で、彼女は自らの目的を忘れていきました。

「最初の頃の気持ちを思い出したのはね、今の母親と会ってからだった」

唯一。

今、クラリスさんのお母様として生きている彼女だけが、クラリスさんに対してまったく異なる反応を見せました。

初めてクラリスさんが言葉を語ったとき、お母様は戸惑いながらも喜んでくれました。初めて立ち上がったとき、拍手をしてくれました。こんなものは当然だ、と彼女が言うと、悲しそうに黙ってしまいました。

主人を亡くして一人で暮らしていることは知っていましたから、少しでも楽をさせてあげようと思い、家を用意してあげました。

二人の間で会話が減りました。

それでも、いつもお母様は優しく微笑みかけてくれました。

きっと嫌われているわけではないのだと思いました。

けれど、お母様から向けらえるその視線は、ずっと前——彼女がまだ、本当の意味で幼かった三百年前に向けられていた視線と、まるで同じであることに、彼女はある日気が付きました。

本当に、愛されてなどいなかったのだと、今になってようやく気づかされたのです。

記憶の欠片など集めたところで、何の意味もなかったことを、彼女はようやく知ったのです。

「——本当はね、もう終わらせたいんだよ」

亡者を殺し続ける日々も。周囲の期待に応え続ける日々も。

もうすべて疲れてしまったのです。

「人の願いをかなえ続けてばかりの生涯を重ねてきたのだから、ボクはね、人の子どもらしく一度くらいわがままが言いたいんだよ」

今までただの一度も娘として愛されたことのない彼女の願いは。

娘として、愛してほしい。

ただそれだけだったのです。

「今宵の戦いが終わったら、ボクは改めてお母さんに話そうと思うんだ」

彼女は、気の抜けた笑みを私に見せてくれました。

そうして彼女と私は夜の街へと飛び出し。

そして、彷徨い亡者と対峙《たいじ》することになるのです。

○

彷徨い亡者が私たちの間に現れたのは、本当に突然のことでした。

一瞬、空気が冷え込んだかと思えば、振り返った先に巨大な体軀の亡者の姿があったのです。

彷徨い亡者。

それは昨日の目撃情報の通りの外見をしていました。

まるで脂肪の塊です。丸々と肥え太った身体が路上の真ん中を塞《ふさ》いでいます。身体は頭だけでも人間の背丈程度。

ただし胴体から下はたった今、クラリスさんの鎌によって切り落とされました。

『あああああああああああああああああああああ！』

出てきた瞬間を狙い澄ました素早い攻撃でした。クラリスさんは私が視認した時には既に、鎌を振り回しながらぐるりと一周して、寸断《すんだん》してしまっていたのです。恐ろしく慣れた手つき。さすが三百歳のベテランといったところでしょうか。

声にならない声をあげて、暴れ、地を這《は》いずる彷徨い亡者。

おぞましいことに切り離された脚《あし》にすら生命が宿っているのか、びくん、びくん、と脈《みゃく》打っています。

『あああああああああああああああ！』

そしてクラリスさんが手始めに下半身からばらばらに寸断しようと鎌を振り上げた直後。

彷徨い亡者は、けたたましい叫び声をあげながら、両腕を地面を叩きつけて、その反動で三日月の夜空に飛びました。

「なっ――」

唖然《あぜん》とするクラリスさんが見つめるのは、彷徨い亡者が向かった先。通りの向こう。

三日月会の本部がある方角でした。

「っ、くそ……！」

一秒間。彼女は自らが切り落とした下半身と、宙《ちゅう》を舞っている上半身を見比べながら悔《くや》しさを顔に滲《にじ》ませます。

路上に落ちた彷徨い亡者は、再び両腕を地面にたたきつけて飛びます。

あんな巨体が家に落ちれば、その被害は恐《おそ》らく昨日の比ではないでしょう。

滅多にないことなのか、それとも彼女が珍《めずら》しくミスをしてしまったのかは分かりませんが。

私が手出ししない限り被害が甚大《じんだい》になることだけははっきりと分かります。

「行ってください。こちらは私が始末しますので」

すぱーん、と私は剣で彷徨い亡者の膝《ひざ》から下を切り落としました。

「……ごめん！　頼んだ！」本来ならば一人で彼女が対応する彷徨い亡者ですけれども。

背に腹は代えられないでしょう。彼女はほうきに乗って、彷徨い亡者の上半身を追いました。

「はいはい」お気をつけて、と私は手を振り、寸断された彷徨い亡者の下半身を見つめます。

「……んー？」

見ると、ばらばらになった体の部位ごとに、またしてもびくんびくんと脈打ち始めていました。

それからやがて切り離された身体たちは、まるでパン生地《きじ》のようにぐねぐねと丸まっていきます。

おや何事で？　と顔をしかめていると、遠くの方から、

「彷徨い亡者は体全部きちんとばらばらに砕いてから燃やさないと完全に消えないから気を付けてー！　ばらせばばらしただけ増え続けるから、即時両断《そくじりょうだん》と焼却《しょうきゃく》が鉄則《てっそく》だよー！」

とクラリスさんがほうきの上から叫んでいるのが聞こえました。

「すぐにばらばらに切り刻んで、思いっきり燃やしちゃってー！」

とも。

………。

「そういうの先に言って欲しかったですー！」怒りとともに私も叫びます。ヤケクソです。

「今言ったから許してー！」

ごめんねー！　と彼女は手を振り、彷徨い亡者の上半身を追ってほうきを飛ばしてしまいます。

私はといえば、その場に残り、彼女が散らかしていった路上の後始末。

『うううう……』『あああ……』

と、ついでに他の亡者たちの処理もありましたね。私を囲むようにゆっくりと歩き続ける亡者たちを剣でまとめて処理しつつ、彷徨い亡者の成れの果てを見つめました。

ひとつひとつばらばらでありながら、亡者たちの残骸《ざんがい》は、人の形に姿を変えつつありました。

なるほど確かに。

このまま放置していればやがて先ほどのような人型の亡者になって襲い始めるのは明白《めいはく》といったところでしょう。

それは少々面倒《めんどう》ですね。

というわけで。

「おりゃー」

私は杖を振って、彷徨い亡者を剣でばらばらに切り刻みました。

小さく砕いたら次に杖を構えます。放つ魔法は炎の渦《うず》。ぐるぐると大気中で渦を巻きながら、細《こま》切《ぎ》れにされた彷徨い亡者の破片《はへん》たちを燃やしていきました。

「ま、こんなところでしょう」

さほど時間はかかりませんでしたね。

辺りを見渡せば、もう私の周りに原形をとどめている亡者の姿はありません。それぞれ一様に霧か粉みじんのどちらかです。

「…………」今から追いかければクラリスさんに加勢《かせい》できそうですね。「……大丈夫でしょうか、彼女」

クラリスさんが向かった先をずっと行くと、恐らく私たちがいた三日月会の本部に行き当たります。

……彷徨い亡者がそこまで辿り着いていなければいいのですけれども。

手伝いに行ったほうがよいでしょうか？

たった一瞬で身体を半分こにしてしまうような彼女ならば、よほどのことがない限り、私が手を出さずともあっさり始末できそうな気がしますけれども。

「…………?」

などと。

ごちゃごちゃと考えながら、彷徨い亡者の残骸を――燃えゆく亡者たちの名残《なごり》を眺《なが》めていたときのことです。

「…………」

私はすぐさまクラリスさんの後を追いかけることに決めました。

まるで亡者が出た瞬間のような、ぞわりとした悪寒《おかん》を感じながら。

○

私が急いでほうきを飛ばした先にあったものは、半壊《はんかい》した三日月会の建物でした。

まるで狙《ねら》いすましたかのように四階部分だけが壊れていました。

「いつも通りにやったんだ」

彼女は、語ります。「いつも通りに一つひとつにバラバラに砕いて処理していったんだ。それでも、今回の彷徨い亡者は、いつも以上に手強かった」

俯きながら、語ります。

曰く、まるで明確な意思を持っているかのように、彷徨い亡者は何度身体を切り外されても、地面を叩いて、飛んで、飛び続けて、三日月会の建物まで辿り着いたのだそうです。

お母様を守るためにクラリスさんは鎌を振りました。

しかし、それでも、刻み切れない亡者の破片があったようで。

お母様は、彷徨い亡者に触れられてしまったそうです。

「…………」

半壊した四階。窓から部屋の中に入ればダイニングが広がっていました。

あちこちに散らばるレンガの破片を避けながら歩みを進めると、隅《すみ》っこの方で、丸まっているお母様の姿を見つけました。

既に意識はありませんでした。

脈を確認せずとも分かります。

彼女の身体は胴体《どうたい》で真《ま》っ二《ぶた》つに両断されていたのですから。

まるで彷徨い亡者にそうしたように。

「今度こそ守ろうと思ったのに――」

白々《しらじら》しいことを言いながら、彼女はその場にへたり込みます。

その手には鎌。

「…………」

血がついていました。

亡者から血など一滴《いってき》も流れないはずなのに、彼女の鎌は、血で濡《ぬ》れていました。

「……どうして」彼女を、殺したんですか。

娘として愛されたいと言っていたのに。

私は開きかけた口を、閉ざしました。

代わりに、別の言葉を選びました。

「クラリスさん。私に一つ、隠していることはありませんか」

「……隠していることって、なに」

既に冷たくなっているクラリスさんのお母様の手に触れながら、私は言いました。

「私、さっき、彷徨い亡者を燃やしているときに、妙《みょう》なものを見たんです」

「妙なもの？」

首肯《しゅこう》します。

「この国に三百年前から発現した亡者は、確か意識の断片と魔力が合わさることで生まれたものでしたよね」

「そうだね」

「どうして犬《いぬ》や猫《ねこ》の亡者はいないのでしょうか。どうして生まれたばかりの赤ん坊の亡者はいないのでしょうか」

「…………」クラリスさんは小さくため息を漏らしたあとで、言いました。「そんなのボクに聞かれても分からないよ」

そうですか。

「では質問を変えますね」

クラリスさんが転生を繰り返しているお話を聞いたときから、ほんの少し、頭に引っ掛かっていることがありました。

クラリスさんの転生とは、既にお腹に宿っている命にクラリスさんの意識の一部を流し込むこと。つまり、既にある命に、クラリスさんの意識が乗ることになるのです。

であるならば。

「元々生まれるはずだった子どもは、どこに行ったんですか？」

私が魔法で燃やした彷徨い亡者の中で苦しみ、もがいていたのは、様々な姿かたちをした亡者たちでした。いわば亡者の集合体ともいえるでしょう。

それは時に人の姿をしており、犬や猫の姿をしていました。まだ生まれて間もない、赤ん坊の姿をしていました。あるいは、まだ生まれる前の、身体ができあがっていない子どもの姿をしていました。

今までクラリスさんを娘として育ててくれた母親たちも、そして、目の前で亡くなっている彼女も。クラリスさんを産む予定なんて最初はなかったはずです。

クラリスさんの意識がお腹の中に入ったとき。

ひょっとしたら、お腹から追い出されたものがあるのではないでしょうか。

「…………」

がしゃん、と。私の背後で、クラリスさんが鎌を手に持つ音が、聞こえました。

私も、亡骸に触れた手を離しながら、静かに杖を取り出しました。そうして私が意識を耳に集中させるなかで、彼女は呟きます。

「キミは今夜頑張ってくれたから」

――今のは聞かなかったことにしてあげる、と。

恐らく、背中の向こうの彼女は、いつものように笑っていたことでしょう。

国を背負っている英雄がまさか転生をする度に人を殺していたなどと。

決して知られてはならないことです。まして自分自身を産んだ母親に知られれば一体どうなるかなど、想像もできなかったことでしょう。

「今までずっとこうしてきたんですか」

彷徨い亡者は本来クラリスさんが一人で相手をするもの。三日月会の面々にもクラリスさん一人で対処するように徹底しており、破れば組織から消される。それほどまでに厳《きび》しすぎる罰則《ばっそく》が組まれています。

「彷徨い亡者は少し特性が違っていてね、あいつらは自分の家に帰ろうとする習性がとても強いんだよ」

「自分の家」

「もしくは生まれた場所ともいえるね」

彼女の言葉に私は振り返ります。

崩《くず》れた壁の向こうに浮かぶ三日月に背を向けながら、彼女はこちらを見つめていました。「今回

の彷徨い亡者がその人のところに行きたがっていたのも、まあ、そういうことなんだろうね」

「…………」

そして彼女は、見てはならないものを見てしまい、殺されてしまったということなのでしょう。

「残念。せっかく普通の家族になろうと思っていたのに。また一からやり直しだ」

「…………」

私は、黙りました。

長く長く黙りました。

それから何度か深呼吸をしたのちに、ようやく出た言葉は、たった一つの質問だけ。

「殺す必要は、あったんですか？」

我ながら情けないものです。

たったそれだけの言葉しか出ないなんて。

彼女は私の稚拙《ちせつ》な質問に、苦笑するだけでした。

「見られてはならないものを見られた以上、生かしてはおけないよ」

不安の芽は摘んでおかないとね――と。

彼女はまた、笑います。

「彼女ならボクの理解者になってくれると思ってたんだけどね。見なくていいものまで見られた以上、こうすることは仕方がないことだよ。悲しいけどね」

彼女は深くため息をつきました。

それは何もかも諦《あきら》めているかのようでもあり。

同時に、次の人生に期待をしているかのようにも、見えました。

今まで、ずっとそうしてきたのでしょうか。

何度も、何度も、何かが駄目になる度に、ほんの少し歯車が狂《くる》う度に、すべて洗い流して、一からやり直してきたのでしょうか。

「…………」

私はただ黙り、俯いて、お母様の亡骸に触れます。

彼女のすぐそばには。

綺麗に食べ終わったシチューのお皿が一つ、転がっていました。

「本当に気持ちが悪いわ」

吐《は》き捨《す》てるように彼女が——クラリスさんのお母様が語った言葉を、私は覚えています。

若くして主人《しゅじん》を亡《な》くした彼女。生まれてきたのは、しかし国を守る守護者《しゅごしゃ》。いわば赤の他人だったのです。

彼女はこの国の何もかもが気持ちが悪いと言いました。

「でも、同時に理解したいとも思っている」

昼間。

私に彼女は語ってくれました。

きっと国におかしな人ばかりで、娘すら変で、まともに会話をする相手も機会もなかったのでしょう。彼女は自らの言葉の意味を確かめるように、一つひとつ、ゆっくりと語ってくれました。

「三日月《みかづき》の魔女クラリスが私は許せない。でも、不思議《ふしぎ》なの。中身は他人のはずなのに、笑顔は主人にそっくりなの。赤の他人のはずなのに、ご飯《はん》を食べているときの仕草《しぐさ》も主人そっくり。偶然《ぐうぜん》かもしれないけれど、そんなところを見る度《たび》に、私は嬉《うれ》しくなってしまうのよ。不思議よね、身体《からだ》だけ借《か》りたただの別人だって知っているはずなのに。目の前にいるのは娘でもなんでもないって分かりきっているのに」

ぽつりぽつりと、涙《なみだ》がこぼれていました。

クラリスさんが初めて立ったとき、彼女は嬉しくて涙が出そうだったと語ってくれました。けれどもそれから日々を重ねたのち、あっさりクラリスさんは彼女の手を離れてしまいました。

何も言わずとも彼女は成長していきました。あるいは元のクラリスさんに戻っていったというべきなのでしょうか。

日々は嫌《いや》なことばかりでした。何か提案してもクラリスさんの冷静な反論が阻《はば》み、街に出れば無駄《むだ》なおせっかいと、無責任な羨望《せんぼう》のまなざしばかり。

そして家に帰れば娘の皮《かわ》を被《かぶ》った赤の他人。

しかし生活のすべてが嫌だったわけではありません。

「私の誕生日になると、あの女は――いえ、あの子はね、花を買ってきてくれるの。私の主人が好きだった花。どうして分かったのって聞いたら、主人の仲間に聞いて回ったんですって」

思い出話に、彼女はなおも涙をこぼしながら、笑います。「私が部屋にふさぎ込んでばかりになると、外の国からわざわざ本を買ってきて退屈《たいくつ》しないようにしてくれたわ。近頃はあまり料理をしないけれど、私が気まぐれでキッチンに立って、料理を作り始めると、あの子はとても嬉しそうな顔をするの。あの子が料理を作る方が美味《おい》しいのにね」

それは街の人々には決して見せることのない子どものような顔だと言いました。

その笑顔を浮かべているのが赤の他人であることを知っていても、

「その程度のことで、私はいちいち嬉しくなってしまうのよ」

馬鹿《ばか》みたいでしょう――と彼女は言いました。

「…………」返す言葉が見つからず、私はただ彼女を黙《だま》って見つめるのみでした。

それはきっと描《えが》いた理想とは程《ほど》遠い、歪《いびつ》な親子関係であったのでしょう。けれど、血の繋《つな》がりは確かにあり、彼女たちは他人でもあると同時に、確かな親子でもあるのです。

「嫌なことばかりの日々だけれど、ささやかな幸《しあわ》せもたくさんあることにね、最近気づいたの」

人生は決して完璧《かんぺき》なものではなく、失敗《しっぱい》や挫折《ざせつ》なんて数えきれないほどにあるものです。きっとそれは彼女が今までの生涯《しょうがい》で痛い程感じているはずです。

それでも彼女は言いました。

「きっとこれからも嫌なことはたくさんあるし、耐《た》えられないほど辛《つら》いことだって、ありふれているわ。それでも、私は、あの子に歩み寄《よ》ってみたいと思っているの」

あの子の母親は、今は私一人だから――と。

本当の意味であの子に寄り添《そ》うことができるのは、きっと私以外にいないから。

歯車が狂《くる》った日々の中でずっと生きている彼女は、私にそう笑いかけたのでした。

「今までずっと拒絶《きょぜつ》していたのに、今更《いまさら》こんなものを食べたらおかしいかしら」

視線を落とすと、昨晩《さくばん》の残りのシチューがありました。クラリスさんが作ったものです。お母様のために少し残して、置いて行ったものです。

私は首を横に振りながら答えます。

「喜《よろこ》ぶと思いますよ」

その答えを聞いて安堵《あんど》したように頷《うなず》いた彼女は、シチューを口に運び。

小さな幸せの一つを、噛《か》み締《し》めるのでした。

○

「ボクの母は彷徨《さまよ》い亡者《もうじゃ》によって殺された。ボクは、ボクの弱さが許せない」

翌日の昼頃、四階部分が壊《こわ》れた三日月会の建物の前には多くの人々が押しかけました。昨晩の騒動《そうどう》と、その顛末《てんまつ》を聞いて、多くの人々が涙を流しながらクラリスさんのお母様の死を嘆《なげ》きました。まるで自らの肉親が亡《な》くなったかのように。

「クラリス様！　どうか悲しまないでください！」「我々がついています！」「いつまでも貴女《あなた》のおそばに！」「クラリス様万歳《ばんざい》！」「万歳！」

そこには彼女のすべてを肯定《こうてい》する者しかいません。

「皆《みな》……ありがとう」彼女は胸を撫《な》で下ろしながら、笑顔を作ります。「どうか、皆。もう一度ボクを信じてついてきてはくれないだろうか。もう二度と、ボクはボクの母のような人を出さないよう誓《ちか》うよ」

演技が得意な彼女の表情は街の人々からはどのように見えているのでしょうか。

肉親の死後間もないのに無理して笑顔を取《と》り繕《つく》っている気丈《きじょう》な女性のように見えるのでしょうか。

国を守るのにふさわしい素晴《すば》らしい魔女のように見えているのでしょうか。

「…………」

昼間。

人々が拍手《はくしゅ》と喝采《かっさい》で彼女を囲《かこ》うなか。

私は背を向けて、国の門へと向かいました。クラリスさんとお別れの挨拶《あいさつ》はありませんでした。

そんな状況《じょうきょう》でもないでしょうし、私と彼女はそんな関係でもありません。

昼間の国は活気《かっき》に溢《あふ》れていました。

四階部分が壊れた建物を指差し、子どもたちが私とすれ違います。その手にはクラリスさんを模《も》したお人形がありました。

きっとこれからも街から亡者が消えることはないのでしょう。

そしてこれからも彼女は産まれる前の子どもを殺し続けるのでしょう。

それでもこの国の人々は、三日月の魔女クラリスに己《おのれ》の幸せのすべてを彼女に捧《ささ》げて、生き続けるのです。

まるで亡者のように。

あとがき

僕《ぼく》と同居《どうきょ》している猫《ねこ》の話をしようと思う。

今年一月から在宅《ざいたく》ワークが始まり、四六時中《しろくじちゅう》家に引きこもってばかりいる僕の唯一《ゆいいつ》の話し相手である彼女の名はアン。とても可愛《かわい》い顔立ちの彼女は束縛《そくばく》強めで家から出ない箱入《はこい》り娘。

僕が出掛ければぶち切れ、帰ってくれば「は？　ちょっと。この匂《にお》い誰《だれ》よ。あんた誰と会ってたのよ！　ねえ！」とぶち切れる。もはや寝ているとき以外はだいたいぶち切れていると言っても過言《かごん》ではない。

近頃に至っては仕事の電話をしている最中でも平気で「はい。誰とのお電話ですかー？」と乱入をする始末《しまつ》。そしてそんな姿も最高に可愛らしい。

彼女は基本的にいつもお腹《なか》が減っており、自身のごはんを食べたあとでも僕が何か食べていれば、「へぇー？　お兄さん、ええもん食っとるなぁ」などと舌《した》なめずりをしながら僕にまとわりつく。

恐らく前世は街のチンピラだったのだろう。どすどすと僕の身体に肩をぶつけてくるさまはまさに『龍《りゅう》が如《ごと》く』のモブキャラさながらである。絡《から》まれた僕は毎日のように恐怖《きょうふ》に震《ふる》えあがる。いったいなんて恐《おそ》ろしい子なのだろう。

そんなアンさんとの同棲《どうせい》生活もこのあとがきの執筆《しっぴつ》のタイミングで一月になる。

僕は頭を抱《かか》えていた。

「全然一緒《いっしょ》に寝てくれねえ……」

猫といえば一緒に寝るというのが一大イベントではなかろうか。実際僕が実家で飼《か》っていた猫殿《どの》はもうちょっと普通に布団《ふとん》に入ってきてくれた。

しかしアンさんは違う。

まずそもそもベッドに近づいてこない。毛布を持ち上げて「はい！　白石《しらいし》のここ、空《あ》いてますよ！」と声高《こわだか》に宣言してみせても普通にスルー。どころか猫タワーの頂上から冷めた目で見下ろしてくる始末である。僕のこと嫌《きら》いなの？

もはやアンさんから僕に対する評価は全自動餌《えさ》やり機くらいにしか思われていないのだろう。僕はこんなに好きなのに！

この有り余る愛情をどう伝えればいい？

僕は早速《さっそく》ネットで検索した。分からないことがあればテキトーにググった知識をまるで我が物であるかのようにドヤ顔しながら語る二〇代。それが白石定規《じょうぎ》である。

『ご存じでしたか？　実はネコちゃんのまばたきには特別な意味があるのです！　ネコちゃんのまばたきは愛情表現の一種なんです。ネコちゃんと見つめ合ったときにまばたきをされたら、それはあなたを信頼している証《あかし》！』

はい勝った。

ご存じでしたか？　とかいう内容激薄《げきうす》サイト特有の文言《もんごん》に一瞬肝《いっしゅんきも》を冷やしたが、しかし内容は実にためになるものだった。

これはつまり裏を返せば、まばたきをしまくれば僕の愛情がアンさんに伝わるということなのではないか？？？？？？

「アンさん！　こっち見て！」というわけでさっそく目をぱちぱちパチパチパチパチパチパチパチ。

『……』僕を冷めた目で見つめるアンさん。

「うおおおおお！」僕はひたすら目をパチパチパチパチやりまくる。

『……』すっ、とまぶたがゆっくり降りるアンさん。

「きたあああああ！」なおもまばたきしまくる僕。かつてコンタクトレンズが黒目から逃げ出した時ですらここまでまばたきしなかった。

『……』そしてアンさんは、瞳《ひとみ》を閉じた。

「よっしゃあああああああああああああああっ！」はい勝った！

『……』依然《いぜん》として瞳を閉じたままのアンさん。

「…………？」勝っ……あれ？

『……』

「……寝てる」

アンさんはそのまましばらく目覚めなかった。僕の気持ちは多分伝わっていないことだろう。

僕とアンさんの戦いはまだ始まったばかりである。

余談《よだん》ですがアンさんの名前の由来《ゆらい》は好きな女優の名前です。

というわけであとがき前の余談でした。それでは今から各章のコメントに入ります。例によっていつも通りがっつりネタバレする感じの内容になるので、まだ本編読んでない方は回れ右でお願いします。それではどうぞ！

●第一章『夢追《ゆめお》い弓手《ゆみて》アシュリー』

理想と現実のギャップの話でしょうか。個人的にはアシュリーさんの父親も決して悪い人間ではないと思ってます。立場が違うだけですね。ひたむきに夢を追いかけるようなアシュリーさんみたいなキャラは僕から見ても眩《まぶ》しかったです。純粋《じゅんすい》だった頃の気持ちって大人になると忘れがちだよね……。

●第二章『旅《たび》の殺人鬼《さつじんき》』

シリアルキラーの特徴《とくちょう》の一つとして、被害者の所持品などを記念品として持ち帰るという性質があります。この話の元ネタは大体そんなところです。

この話はあんまり解説するのも野暮《やぼ》なのでこの辺りにしておきますね。このお話の出来事《できごと》が次の章に微妙《びみょう》に尾を引いていきます。

●第三章『傘《かさ》とほうきと雨《あめ》の話《はなし》』

変わり者の少年のお話ですね。

よいことと悪いことの境界線《きょうかいせん》って若い頃だととても難しいなと感じます。線引きするための基準《きじゅん》が自身の中で固まっていないので。物事を見定める基準を見つけるためにも、広い視野をもって生きていきたいものですね。

●第四章『勝《か》てない少女《しょうじょ》の奮闘記《ふんとうき》』

素直《すなお》になれない子とそのお友達のお話ですね。完全にコメディ回になりました。こんなところで若干《じゃっかん》の壊《こわ》れぶりを発揮するサヤさん。馬鹿《ばか》と天才は紙一重《かみひとえ》と言いますし、結局変な人でもただの変な人と天才的な変な人がいるということなんですね……。

●第五章『多様性《たようせい》の国《くに》』

多様性という言葉は既存《きぞん》の価値観を否定《ひてい》する際に用いる言葉ではないと思います。発言には立場があって、自身がどこから言葉を発信しているのかをきちんと俯瞰《ふかん》できる大人になりたいですね。

●第六章『灰《はい》の魔女《まじょ》の減量計画《げんりょうけいかく》』

これはGA文庫十五周年の際に書かせてもらった朗読劇《ろうどくげき》を再編《さいへん》したものですね。総集編出したばっかりなのでしばらく再編という手が使えなさそうなのでここで入れさせてもらいました。

僕はドラマCDの脚本《きゃくほん》や朗読劇を書くのが滅茶苦茶《めちゃくちゃ》好きなので今後も頃合いを見てバンバンさせてもらいたいですね。ね！

●第七章『宵闇《よいやみ》のヘルベ』
もはやこの話を思いついたのは遥《はる》か昔《むかし》なのですけれども、今までどうしても書けませんでした。展開がアレすぎるという点もあるのですけれど、何より、まあ、僕が『魔女《まじょ》の旅々《たびたび》』を書き始めた当初《とうしょ》というのは転生《てんせい》を扱《あつか》った物語というものが大ヒットしていましたから、どうしようかなー、と思って今までネタを放置《ほうち》してました。

別に転生モノの話が嫌いなわけではないのですけれども、僕が今まで転生ものを書こうとしても書けなかった理由が、この話の元ネタになっています。物語を楽しむうえでそんなこと気にしないほうがきっと幸せなのでしょうけれども。

●第八章『三日月《みかづき》の魔女《まじょ》クラリス』
宵闇のヘルベのオチ部分ですね。

元々この話は一章構成だったのですけれど、回想《かいそう》が何回か挟《はさ》まって若干《じゃっかん》ややこしい感じがしたので、章を分けさせてもらいました。なのでタイトルは異なりますけれど、七章の続きということでなにとぞ。


というわけで『魔女の旅々』十六巻でした。

十六巻ですって！　十六って！　もう『ニケの冒険譚《ぼうけんたん》』の三倍くらいの冊数まで来ちまったよ。驚《おどろ》きですね。ちなみに二〇二一年の四月でGAノベルは五周年で、『魔女の旅々』も同様に五周年。

びっくりですね。まさかここまでくるとは。

去年《きょねん》が絶《た》え間《ま》なく嬉《うれ》しいことがあった一年であったことはもはや言うまでもないのですが、今年もバンバン仕事していきたいと思っている所存《しょぞん》なので、今後も何卒応援《なにとぞおうえん》よろしくどうぞ！

アニメ二期目指して頑張《がんば》りたいね。

あと個人的にはアニメのほかにもたくさんのグッズ化であったり、海外の方から色々なメッセージを貰《もら》ったりファンレターを貰ったり、あとキスマイの宮田《みやた》さんが番組で紹介してくれたり、もう本当に嬉しいことでありふれていたのですけれども、個人的にはドラマＣＤの再販《さいはん》が決定したことが嬉しかったですね。

今まで何度も何度も読者の方から「再販してよー！」と言われ続け、その度に「僕に決定権ないんだよー！　ごめん！　出版社の偉《えら》い人たちに言ってー！」といったやり取りを繰《く》り返《かえ》した甲斐《かい》があってのことなのか、ようやく定価でドラマＣＤが買ってもらえる！　それは本当に嬉しいことでした。

今後もバンバン再販してぇ。

そして今後も音声作品書きまくりてぇ。

とはいえ十六巻の作業が終われば本当の意味でまとまった休みというものが手に入りますので、頑張るにしてもちょっと休みをもらってからにしたいですね。

ま、休んでいる間も結局本業のほうでバンバン仕事してますし、何なら十七巻のネタを考えたり諸々すると思うので結局休みと言いつつ休みじゃないんですねどね！

ところで話は変わるのですが、今年に入ってずっと在宅ワークしているので、編集さんかコンビニ店員以外とまともに会話していないんですよね。

あとはアンさんに一方的に独《ひと》り言《ごと》を投げかけているわけですが、たぶんアンさんがいなかったら僕は日本語の喋《しゃべ》り方を忘れていたと思います。ありがとうアンさん。

ところで二〇二一年になったので、今年の抱負《ほうふ》みたいなものを書きたいと思います。

今年は文藝春秋《ぶんげいしゅんじゅう》あたりからエッセイ執筆《しっぴつ》の依頼が来ればいいなーと思ってます。実は数年前からそんな下心《したごころ》とともにTwitterにエッセイっぽい文章を上げています。ちなみに今のところ声はかかってないです（当たり前）。

というわけでそろそろ謝辞《しゃじ》に入りましょう。
担当編集Mさん、あずーる先生ならびに関係者のみなさま
いつもありがとうございます。そして今回は僕の原稿が本当にギリギリまで引っ張ってしまい申し訳ありませんでした……。次回はもうちょっと余裕持って書ければいいなと……思っています……。
読者の皆さん
今回も『魔女の旅々』を読んでいただきありがとうございますー！　七月は『魔女の旅々』十七巻ドラマCD付き特装版ができますので、そちらもよろしくね！　それと今年はオンラインサイン会があるので、そっちで改めて直接ご挨拶させてもらえれば嬉しいです。
これからも白石定規ならびにイレイナさんは止まらないと思うので、どうかこれからもよろしくお願いします。それでは！

GAノベル

魔女《まじょ》の旅々《たびたび》 16

2021年3月31日　初版第一刷発行
2021年12月3日　第三刷発行

著者　白石定規

発行人　小川 淳

発行所　SBクリエイティブ株式会社
〒106-0032　東京都港区六本木2-4-5
03-5549-1201　03-5549-1167（編集）

装丁　AFTERGLOW

印刷・製本　中央精版印刷株式会社

ISBN978-4-8156-0829-3
Printed in Japan

ファンレター、作品のご感想をお待ちしております。

〒106-0032　東京都港区六本木 2-4-5
SBクリエイティブ株式会社
GA文庫編集部 気付

「白石定規先生」係
「あずーる先生」係

本書に関するご意見・ご感想は
下のQRコードよりお寄せください。
※アクセスの際に発生する通信費等はご負担ください。

https://ga.sbcr.jp/

試読版は
こちら!